L'ÉTÉ AU JARY

DU MÊME AUTEUR

FRUIT ROUGE, Rouergue, 2002.
LA CHUTE DU SAC EN PLASTIQUE, Rouergue 2003.
JUSTE AVANT LA FRONTIÈRE, Éditions de l'Olivier, 2004.
UNE ODYSSÉE, Éditions de l'Olivier, 2006.
VOYAGER LÉGER, Éditions de l'Olivier, 2008.
UNE AUTRE VIE PARFAITE, L'Âge d'Homme, 2014.
JANVIER, Éditions de l'Olivier, 2018.

Avec le soutien de la Fondation suisse
pour la culture Pro Helvetia

fondation suisse pour la culture
prohelvetia

ISBN 978-2-330-19548-9

Julien Bouissoux

L'Été au Jary

•••

roman

Gaïa

à celles qui attendaient,
et qui espéraient.

Juin

Il a tellement plu ce matin-là que l'on en parle encore. Des ruisseaux sont apparus qu'on n'avait jamais vus. Ça a commencé dans la nuit du 6 au 7 juin, je me souviens, car c'est le 7, aux aurores, qu'ils m'ont appelé au sujet de mon père. Pendant dix heures, ça a raviné tout le long du Jary ; en début d'après-midi, c'était déjà fini.

Des ouvriers ont été envoyés en urgence. Le champ qui surplombe la route s'était ouvert en deux et le glissement de terrain avait fini par recouvrir l'accès principal au village. Dès que les filles sont parties, j'ai mis mes bottes pour aller voir comment on s'y prenait pour rétablir la circulation. Ils n'étaient que deux et, avec leur pelleteuse, ils n'ont eu besoin que de quelques heures pour remettre le tronçon d'aplomb. Pendant une semaine on a roulé sur une voie, puis d'autres hommes sont venus goudronner la chaussée. Aujourd'hui, c'est difficile d'imaginer ce qui s'est passé. L'herbe a repoussé. À force qu'on lui morde dessus, la ligne continue a perdu le blanc lumineux qu'elle avait le premier jour. On discute de nouveau de refaire le tronçon jusqu'au rond-point. Ça fait dix ans qu'on en discute. Dix ans qu'on dit que les virages sont dangereux et qu'il faut les couper. On a même évoqué une pétition, je ne sais pas où ça en est. On ne m'a jamais demandé de signer. Dix ans que les gens ralentissent au lieu d'aller tout droit.

Quand la maison de retraite m'a téléphoné pour m'annoncer que mon père n'allait pas bien, je leur ai dit que ce n'était plus la peine de m'appeler si c'était encore pour des vertiges, mais ils ont insisté :

— Monsieur Granget… Cette fois, il semble que ça ne va pas s'améliorer.

Et ça s'est mis à tourner dans ma tête. Un sentiment que je n'ai pas pu nommer. Du soulagement ? De la fatigue ? Ou était-ce enfin de la tristesse ? J'ai mis mes bottes et je suis sorti. Je n'étais pas le seul à vouloir voir la terre déchirée et les dégâts en bas du champ. On s'est salués, serrés sous nos parapluies pour que les conversations ne se perdent pas dans le crépitement de la pluie qui s'écrasait dessus. Secrètement, on devait être quelques-uns à espérer que les types de l'Équipement auraient besoin d'un coup de main.

— De mon temps, a dit une voix, ils étaient moins outillés.

— Tu vois, a répondu une autre : tu as bien fait de payer tes impôts.

Quelques automobilistes étaient sortis de leur voiture immobilisée, certains s'étaient joints à nous pour observer le chantier. Personne n'a fait attention à la petite Renault blanche au bout de la file et à son conducteur resté au volant pour éviter la pluie. Moi-même j'ai dû l'apercevoir mais, avec mon père qui était en train de mourir et tout ce qui s'est passé depuis, je ne me rappelle plus très bien. Si on avait su ce qu'on sait maintenant, on serait tous allés frapper à sa portière pour lui poser quelques questions. Mais nous sommes restés là, au bord de la rivière de boue, troupeau humain sidéré par la quantité de terre rabattue par le godet de la pelleteuse. Non, personne n'a fait attention à la Clio blanche arrêtée derrière les autres voitures. Personne ne s'est rendu compte que, venant de l'Oise, c'était notre nouveau curé qu'elle amenait au Jary.

Tout est calme toute la journée et puis il y a cette heure en milieu d'après-midi où les choses s'accélèrent, ça commence avec le bruit de la voiture qui s'arrête devant la maison, et Nathalie qui met toujours du temps à sortir, j'entends le frein à main et le moteur qui tourne, parfois les portières qui s'ouvrent et le moteur qui tourne encore, il faudrait que je lui demande pourquoi elle ne coupe pas le contact dès qu'elle est garée ; sans doute ouvrirait-elle de grands yeux :

— *De quoi tu parles ?*

Je ne lui poserai pas la question. Pas plus que je ne chercherai à savoir pourquoi elle insiste toujours auprès des filles pour qu'elles l'attendent. Il faut qu'elle récupère les affaires dans le coffre, qu'elle claque la portière qu'elles auraient oublié de fermer pour qu'elles aient l'autorisation, enfin, d'entrer dans la maison familiale. Est-ce pour ne pas rester seule derrière ? A-t-elle peur du spectacle que pourrait leur offrir leur père ? Il faudrait que je lui demande mais je sais bien que je ne le ferai jamais, il y a des cordes sur lesquelles on ne doit pas trop tirer.

Nathalie soupire. Je connais ce soupir : ça va, c'est la fin de la journée, elle est juste fatiguée. Elle me tend les sacs de courses et je remarque à l'intérieur le sac plus petit de la pharmacie. Pas le temps d'en parler, la tempête s'est déjà abattue sur nous.

— Papa, papa, regarde ce que j'ai dessiné…

— Papa, tu sais, la maman de Timo elle est malade.

— Ça c'est la maison, ça c'est maman…

— Elle est petite, maman.
— Non elle est grande, c'est parce qu'elle est rouge.
— Papa, tu sais, la maman de Timo elle est malade.
— Et moi je suis où ? C'est moi, là ?
— Non, c'est monsieur Sylvestre.
— Papa-aah !
— Oui ! Quoi ? Qu'est-ce qu'elle a sa maman ?
— Elle est très malade !

À l'autre bout de la cuisine, Nathalie me fait signe que la mère de Timo a juste un pansement qui lui couvre l'œil (une blessure ? une correction de sa vue ? Je ne le saurai jamais), qu'elle s'en sortira et qu'elle met mes médicaments dans le placard des assiettes. Le tourbillon se déplace vers la salle à manger où j'ai préparé les tartines, Prisci veut que je la porte, vive douleur dans le genou gauche, je la laisse glisser à terre, elle ne se rend compte de rien. Je remplis les verres.

— Maman, on peut avoir du coca ?
— Non ma puce, à quatre heures, c'est de l'eau.
— Papa, je peux avoir du coca ?
— Non, juste de l'eau.
— Pourquoi papa pourquoi papa pourquoi papa ?
— Parce que le coca c'est de la merde.

Pas besoin de lever la tête pour sentir le regard réprobateur de la femme que j'ai épousée un 14 juillet – nous ne l'avons pas fait exprès : ça tombait un samedi – et qui me demande en chuchotant si je suis sûr que ça va pour m'interrompre aussitôt en déclarant de sa voix la plus convaincante, comme si de rien n'était :

— Au moins le message est passé ! Maintenant elles savent pourquoi elles boivent de l'eau.

Je ne cherche pas à me défendre. Depuis des semaines, des mois, des années, je ne compte plus les phrases que je garde en bouche comme du mauvais vin qu'on ne pourrait pas recracher parce qu'on est à table, ou en compagnie. J'ai appris à respirer dans ces cas-là. Inspirer lentement. On laisse filer et puis ça passe. Beaucoup d'air. Petit débit. Dans la vie, souvent, quand ça ne va pas, il suffit de penser à autre chose.

J'ai observé mes filles en train de manger leur tartine avec, pour la première fois, le regard du patriarche. Mon père était-il mort ou en train de mourir ? Y avait-il une différence ? J'étais le seul Granget à pouvoir encore tenir debout à cette heure. Le dernier mâle de la lignée encore en état de s'opposer au monde.

Nathalie est sortie de sa torpeur :

— Au fait. On t'a ramené une surprise !

Elle est sortie de la pièce. J'ai entendu claquer les portières de la voiture (j'ai eu peur, un bref instant, qu'elle ne s'en aille pour toujours). Amélie a tourné vers moi un visage implorant.

— Papa... on peut vraiment pas avoir du coca ?...

Des pas, nouveaux bruits de portes, Nathalie est apparue les bras chargés d'un carton d'emballage (pourquoi serait-elle partie ?).

— On a trouvé une nouvelle imprimante. J'espère que tu vas être content...

Oui, sans hésiter, sans même regarder le prix. L'autre était trop vieille. Il aurait fallu la réparer, être un expert, avoir la patience. Ça m'arrangeait bien qu'elle soit allée acheter une nouvelle imprimante sans moi, sans me demander mon avis. Ça me faisait des vacances. Bientôt on allait pouvoir imprimer des dessins à compléter pour les filles, des jeux, des trucs idiots, et tout le monde serait heureux. J'allais même pouvoir, enfin, imprimer des CV. Ça n'engageait à rien mais depuis le temps que je répétais que j'en avais marre d'être prof, c'était peut-être l'heure de faire un premier pas, hein, tu ne crois pas ?

— Si, si.

J'ai sorti de la boîte les fils qui puaient l'éther, les cartouches d'encre qu'il faudrait placer au cœur de la machine en se conformant aux flèches. Nous en avons fait une activité familiale. La plus grande a lu le mode d'emploi pour le papa qui s'est appliqué à la suivre, la maman les a regardés avec un sourire, la petite a rêvé. Après le dîner on a imprimé une feuille test, puis deux photos qui se trouvaient sur l'ordinateur par hasard. On a jugé le résultat pas mal du tout mais on a décidé de ne pas poursuivre l'expérience. Ça bouffait trop d'encre et l'encre, ça coûtait cher.

Quand les filles ont été couchées, Nathalie m'a demandé ce que j'avais fait de beau aujourd'hui. Je me suis efforcé de répondre posément. Le linge le matin. Et puis l'histoire de la route. À midi j'ai fini les restes. Rien d'autre ? Rien d'autre.

— Il faudrait que tu sortes un peu. C'est pas bon de rester toute la journée dedans.

— Je suis sorti. Je te l'ai dit : je suis allé voir les travaux. (Mais avec ce temps, qu'est-ce que tu crois ? Et puis je ne suis pas un gamin ! J'ai d'autres soucis en ce moment que d'aller prendre l'air ! Tu sais que mon père, ce con, est en train de crever ?!!?)

Mais je n'ai rien dit. Beaucoup d'air. Petit débit. J'ai cherché le briquet vert que je savais rangé dans un des tiroirs du vaisselier.

— Tu fumes, maintenant ?

— C'est le paquet du facteur. Il a arrêté. Il me l'a donné.

— Mais tu n'as jamais fumé de ta vie !

— T'inquiète pas, j'avale pas. T'en veux une ?

Nous sommes allés sous la véranda et Nathalie s'est blottie contre moi. Percevant le battement de ses cils sur mon cou, j'ai renoncé à chercher une autre définition de l'amour que celle-là, qui me convenait.

— Tu as pris tes médicaments ?

La fumée s'est mélangée à cette humidité dont on aurait pu arracher des poignées pour se les jeter au visage. Elle m'a serré plus fort, puis a desserré l'étreinte ; l'instant d'après elle était loin. Je me suis approché de l'obscurité, du déluge qui avait repris, j'ai avancé mon pied et en trois secondes le bout de ma chaussette était trempé. J'ai été traversé d'un désir violent de me sentir libre, d'arrêter la mascarade. J'ai écrasé la cigarette, je me suis baissé. Nathalie est revenue.

— La boîte est vide.

— Tu m'as demandé : je les ai pris.

— Tu as l'ordonnance ? J'irai chez la pharmacienne…

— Pas la peine, je crois qu'il m'en reste une boîte.

— Qu'est-ce que tu as au pied ? Tu ne me salopes pas le carrelage…

— C'est moi qui l'ai lavé hier.

— Et alors ?

— Je peux recommencer demain.

— Pourquoi tu es toujours à vif, comme ça, enfin ? Tu devrais être content que je te pose encore des questions… Tu devrais être content que je t'aime et qu'on s'intéresse à toi.

J'ai eu la flemme de lui annoncer que mon père était en train de s'éteindre. Je ne voulais pas que ça sonne comme une excuse. Toutes les phrases prêtes à sortir de ma bouche à ce moment précis auraient fait de moi, et même à mes yeux, un sale con ingrat.

— Je suis désolé, j'ai dit. Je suis vraiment désolé.

Je n'ai pas choisi la tombe, l'emplacement ; tout cela était réglé depuis des années déjà, il suffisait d'attendre et de ne pas s'opposer. Il voulait l'église de Condat, un prêtre de la préfecture, éventuellement l'évêque, et être inhumé en Corrèze. J'ai été étonné de constater à quel point mon père avait pu s'inquiéter de son vivant de chaque détail. De la couleur des fleurs jusqu'aux chants à l'église, je n'ai eu besoin de me soucier de rien. On m'a donné un CD avant la messe. Je l'ai tendu au prêtre (l'évêque avait un engagement), qui m'a remercié. Inutile de lui indiquer quel morceau jouer et quand. Mon père et le curé, face à la mort : deux grands professionnels.

Je revois nos corps se lever et s'asseoir comme le troupeau que le Christ voulait qu'on soit. Le cercueil était entouré de plantes vivaces. L'enterrement d'un jardinier. Je crois qu'il aurait aimé. J'avais même mis une cravate. Une chose qu'il aurait remarquée tout de suite. Et qu'il aurait appréciée aussi, peut-être, on ne sait pas.

Tout le temps que ça a duré – et avec les chants ça a duré –, Nathalie m'a tenu la main. On aurait cru un enfant qui ne voulait pas lâcher les doigts d'un autre enfant triste. Une manière de trouver refuge l'un contre l'autre, de se protéger du gros temps, mais à la fin de la cérémonie c'était autre chose, ça m'a fait penser à nos premiers jours ensemble.

Tant qu'on était à Brive, j'aurais bien emmené les filles au restaurant pour leur changer les idées, mais en qualité de dernier Granget de la lignée, j'avais des obligations. Quand la cérémonie a été terminée, le cortège s'est dirigé vers un bistro que quelqu'un connaissait. J'ai bu un coup avec la famille éloignée et, à ma grande surprise, on a trouvé des choses à se dire.

J'aurais dû noter ce qu'on m'a raconté ce matin-là, les anecdotes, les dates, les prénoms, tout ce qui fait l'histoire d'un groupe humain. Nous ne sommes qu'une armée dissoute dont les membres se reconnaissent péniblement. Une armée en déroute à la géographie de plus en plus diffuse. Beaucoup habitent loin d'ici et près des grandes villes, et la plupart vivent avec de parfaits inconnus. Plus rien, presque rien ne nous rattache. Peuple de poche condamné à la dispersion, à la dissolution. Tout cela est déjà arrivé. Du passé commun il ne reste que nous et des enfants que nous asseyons endormis à l'arrière en nous disant au revoir. "Restons en contact." Plusieurs fois la même phrase prononcée, plusieurs fois le même sourire impuissant, à quoi bon lutter, si peu nous retient d'être seuls.

Nathalie est rentrée la première avec les filles. Moi je suis resté tard. À la nuit tombée, je me suis fait ramener par une cousine qui m'a raconté en route ce que faisaient ses fils. Un point est apparu sur le pare-brise. La lune a percé les nuages. Le plus âgé à Paris, l'autre à Nyon, en Suisse, et moi j'ai pensé que quand les filles seraient plus grandes ce serait bien d'acheter une lunette astronomique. De trouver un moment propice entre la petite enfance et l'âge ingrat pour l'installer sous la véranda. Qui sait ce que nous serions capables d'apercevoir dans le ciel nu ?

Marie-Jeanne m'a déposé à l'entrée du village. Elle a fait demi-tour et le silence est revenu, épais. J'ai remonté la rue principale au beau milieu de la chaussée. Il n'y a pas de trottoir au Jary. On marche sur la route, mais ça ne fait pas de nous des voyageurs. Les voyageurs sont loin d'ici. Ici il n'y a que des gens nés dans le coin, qui restent, qui attendent, qui se perdent un peu le soir avant de rentrer chez eux. J'ai cherché la lune entre les toits et l'éclairage public qui peignait tout en jaune, mais je ne l'ai pas trouvée. J'étais seul au monde. J'avais trop bu. J'avais perdu mon père. J'ai dû marcher longtemps cette nuit-là avant de ressentir le froid.

Tout est simple et je n'y suis pour rien. On m'a appelé un matin pour me dire qu'il était mort. On m'a rappelé ensuite pour fixer des rendez-vous. J'ai parcouru des kilomètres en bagnole. Signé des papiers. Entendu des condoléances. Senti des mains dans mon dos. Les gens m'ont plaint. Je n'ai pas cherché à comprendre, ni à m'excuser, ni à prendre part aux discussions. Et personne ne s'est étonné de mon mutisme, compréhensible vu les circonstances.

Un matin je me réveille dans la salle d'attente du notaire que je ne connais pas. Des portes s'ouvrent. Des gens apparaissent, puis disparaissent. À force, je ne lève même plus la tête. J'ignore qui je suis censé rencontrer. On finit par me demander si je suis monsieur Granget. Moment de trouble. Nous avons rendez-vous pour l'autre mais c'est bien de moi qu'il s'agit, c'est bien moi qu'on attend.

Je me lève. Je me rattache à ce corps en pleine forme qui me précède dans une salle triste et quelconque. J'attendais du bois, des classeurs aux poignées en cuivre, une impression solennelle ; on me fait asseoir à un bureau de comptable.

— Bon, alors.

Le notaire a parcouru les premières lignes du dossier, tourné une première page avant de revenir en arrière.

— Je peux ouvrir la fenêtre ?

— Pardon ?... Oui. Bien sûr. Attendez, je vais le faire.

Il s'est levé, désolé de ne pas y avoir pensé avant. C'est vrai qu'il fait chaud. Remarquez tant mieux : après le printemps pourri qu'on a connu. J'ai acquiescé. Les quinze premiers jours de mai n'étaient pas si mal. On a oublié à cause des pluies torrentielles mais je me souviens m'être dit qu'il faudrait investir dans un nouveau barbecue. Souhait prémonitoire : dès les premières lignes de l'inventaire, j'entends le notaire m'annoncer que je viens d'hériter d'un Campingaz et de tous les outils qui vont avec, longue fourchette, grattoir, couteau à steak, achetés par mon père pour son balcon à la maison de retraite, au cas où ; état neuf.

Quoi d'autre ? La pleine propriété de la maison dite du Lieu-Beau, une somme dérisoire sur un compte chèque, peut-être davantage sur des positions qu'il faudra dénouer (compte-épargne, assurance-vie, autres produits financiers aux noms obscurs) mais il ne faut pas se faire d'illusion, ainsi qu'une Renault d'occasion dont le modèle n'est pas précisé (une R21 d'avant le Déluge). À cela, il convient de retrancher des frais. Notaire. Taxes. Mais si c'est mon père, est-ce que je dois payer quand même ? Bien entendu… La question laisse le notaire perplexe. D'habitude les gens arrivent bien préparés. Au pire, ils se renseignent sur internet. Mais ce n'est pas grave : signez là, là et là. Ici vos initiales suffiront. Ma secrétaire va… j'oublie d'écouter la fin de la phrase. Je repense aux couronnes à l'église. Hommage à notre camarade. À notre regretté collègue. Et Nathalie qui me demande si on aurait dû en faire une avec les fleurs du jardin.

— Voilà les clés de la voiture. Pour la maison, j'imagine que vous les avez déjà ?

— Non.

— Non ? Un double, peut-être. Votre père ne vous a pas…

J'ai toujours détesté la maison de mon père. Le terrain où il l'a fait construire. Les plans qu'il a imaginés. La vie qu'il y a menée. Pourtant j'ai quarante-cinq ans et cette maison m'appartient. Les papiers peints, le crépi extérieur, l'abri en brique pour les bouteilles de gaz, le toit asymétrique, les tuiles mécaniques, l'auvent, les poignées en aluminium, le coin des marches en vieux plastique, l'antenne télé modifiée, la porte basculante du garage, le chemin de castine, les pots de fleurs, la barrière en béton, jusqu'au robinet de coupure d'eau au bord du chemin : tout cela est à moi, dès à présent ; le notaire n'a mentionné aucune condition préalable. Il me manque juste la clé, putain de clé que mon père, même malade, n'a jamais voulu me confier.

Je me suis penché pour voir. C'était marqué en tout petit : "inoxydable". Et, effectivement, aucun des maillons d'acier ne portait la moindre trace de rouille. La chaîne qui condamnait le portail était comme neuve. Brillante, pas la moindre rayure. Idem pour le cadenas. Était-il possible que mon père ait demandé à un voisin de la changer récemment ? Mais comment s'y serait-il pris ? Il n'avait aucune confiance dans le voisinage et, malgré ce que prétendaient les couronnes posées devant son cercueil, je ne lui connaissais pas d'ami, ou que des amis morts. Peut-être une infirmière ? Il aurait pu insister lourdement pendant des jours. S'il vous plaît, j'en fais des cauchemars, je vois des gens qui rentrent chez moi la nuit, ou qui se garent dans l'allée, dans quel état je vais récupérer la maison ? Il était persuadé qu'il allait finir par rentrer, que la jeunesse, à force de ne pas s'en servir, allait revenir. Et ses jambes le porteraient. Et son cerveau embrouillé retrouverait sa clarté. À nous deux mes hortensias, à nous deux mes sécateurs. Mais il est mort un mardi un peu avant minuit et il paraît que ses derniers mots n'avaient aucun sens. On a omis de me les rapporter. On n'a pas voulu me faire de peine.

Mon père s'est installé au Lieu-Beau quand j'avais huit ans. D'abord il a acheté la parcelle, il l'a laissée en jachère pendant deux ou trois saisons et puis il s'est décidé à y construire cette maison blanche aux volets fermés dans laquelle j'avais une chambre. De la fenêtre je voyais la route et au virage des genêts et puis après plus rien, du ciel, un beau ciel bleu et nuageux, c'est comme cela que me reviennent les ciels d'enfance, un bleu craquant et des nuages qui surgissent sans prévenir de l'horizon comme, avant, les Celtes, les Wisigoths, les Anglais, l'armée allemande.

J'ai enjambé la barrière en béton blanc. De la mousse avait envahi la castine, des lichens le pourtour de la porte d'entrée. J'ai réveillé les bruits de mon enfance, de mon adolescence, des week-ends écourtés, des visites ratées, sous mes semelles bruissait un sol que je m'étais juré mille fois de ne plus jamais fouler.

Pas de clé sous la dalle, dans les cachettes habituelles. J'ai essayé de me souvenir mais rien de particulier n'est revenu : les clés, ils les avaient toujours dans la poche, surtout ces dernières années et même à la maison de retraite, trop de gitans, de résidences secondaires, de jeunes désœuvrés qui n'ont rien d'autre à foutre que de fumer, toucher les filles et voler tout ce qu'ils peuvent chez les honnêtes gens. Je cite de mémoire mais il se peut que j'en oublie : mon père c'était le monde entier qui l'épuisait à la fin de sa vie et cette barrière qu'il repeignait chaque année avant l'hiver ce n'était rien d'autre qu'une frontière entre lui et les cons, lui et le reste de la planète, avec moi dans le lot mais pas mieux que les autres, voire presque pire.

Le paquet de cigarettes vide est tombé de mes poches. Je l'ai ramassé aussitôt. Ne rien jeter par terre. Pensée de propriétaire. Ce qui n'était pas encore un réflexe allait bientôt le devenir. Ou fallait-il voir dans ce geste qui m'étonnait, presque spontané, une autre motivation ? Rêvais-je secrètement que tout retourne à l'état sauvage ?

Le bruit d'une machine agricole au loin, très loin. Adolescent, j'allais souvent au village, parce que rester avec mon père, surtout la semaine, me rendait triste et vide. Pas besoin d'excuse, il suffisait de lui dire "J'y vais", de marmonner une heure de retour, mon père n'était jamais inquiet pour sa progéniture, bien content qu'on lui foute la paix. Dès qu'il le pouvait, il s'enfermait dans le garage, dans sa tête, n'importe où pourvu qu'il y soit seul tandis que je marchais sans but en rêvant mollement d'une vie meilleure. Aujourd'hui, il est mort, il est seul, il a gagné : plus personne pour lui demander l'heure, pour traverser son champ de vision ; plus personne pour le faire chier.

Je n'ai pas pu ouvrir la porte à l'arrière. La fenêtre sous l'escalier de la cave était fermée. Dans mes souvenirs, elle était toujours restée entrouverte à cause de l'humidité qui rongeait ses outils et rendait les provisions périssables. Il avait dû la fermer lors de l'alerte cardiaque qui avait précédé son départ en maison de retraite. C'est quelque chose dont il était capable : appeler les urgences parce que la douleur dans son cœur était devenue oppressante et attendre la venue du camion des pompiers en faisant un tour, le dernier tour du propriétaire. Là, se tenant la poitrine, soufflant comme un asthmatique et suant à grosses gouttes, je le voyais marchant de pièce en pièce, vérifiant qu'il avait bien tourné le gaz, basculant la chaudière en mode économique, mettant des cales là où les serrures un peu trop faibles, un peu trop vieilles, ne le rassuraient pas.

Un simple déménagement à la fin des études avait suffi à rompre les liens déjà ténus qui nous unissaient. Peut-être aurais-je dû en profiter pour changer de région, aller plus loin. Un temps je m'étais laissé tenter par l'étranger à cause d'un colocataire qui m'avait expliqué comment il fallait s'y prendre pour partir enseigner dans un lycée au Pérou ou à Abu Dhabi. Mais c'était une simple curiosité avec aucun plan derrière. Lui avait franchi le pas et n'est jamais revenu. Encore aujourd'hui, il continue à bouger d'établissement en établissement, de pays inconnu en pays inconnu, avec, en ligne de mire, une retraite améliorée – méritée – et calculée dans ses moindres détails, jusque dans la grange qu'il ambitionne de convertir en gîte pour s'assurer un complément de revenus. Il m'a envoyé les photos. Une ruine avec beaucoup d'espoir. J'ignore s'il a envisagé dans ses plans la survenue possible, probable d'ennuis aléatoires. Des dents qui tombent et qu'il faut remplacer avant l'âge, une baisse du taux de rémunération de ses placements experts, le mildiou qui envahirait sa vigne et lui pourrirait sa retraite.

Pourquoi m'écrit-il encore ? Je suis tout ce qu'il n'est pas. Je ne bouge plus, je ne travaille même plus, ce ne sont plus des racines, ce sont des chaînes qui me retiennent à moins d'une heure de route de l'hôpital où je suis né, à ce pays que j'ai rêvé fuir pendant ma jeunesse et que je n'ai fait que piétiner depuis, comme un petit vieux sur le chemin de la boulangerie. Aller-retour. Aller-retour. Aller-retour…

J'ai poussé chaque volet pour m'assurer qu'aucun ne dissimulait la clé ou un passage suffisant pour y glisser la main. La maison de mon père était hermétiquement close, et ce constat a fait remonter en moi le souvenir animal des parfums synthétiques, des odeurs de béton froid, de peinture qu'il tentait de dissiper en organisant des courants d'air. Une autre manie qu'il avait et qui ne servait à rien : les murs ne cessèrent de sentir le neuf, toute mon enfance la même odeur, un neuf qui a fini par faire vieux à force, comme des couleurs intactes passées de mode ou des papiers peints datés dans leur catalogue d'échantillons jamais ouvert.

Cette odeur invariable m'attendait de l'autre côté de la porte fermée. Et si je me concentrais, je pouvais déjà la sentir. Pourquoi chercher à tout prix à rentrer dans ces murs ? Aucune surprise ne m'y attendait. Rien dont je ne sache déjà précisément, banalement la place.

J'ai entendu la voiture démarrer. Quelques poignées de secondes sont passées, comme si on avait voulu s'assurer que Nathalie et les filles n'allaient pas revenir, qu'elles n'avaient rien oublié ; que j'étais seul et qu'elles étaient loin.

Et puis on a frappé à la porte.

La tasse encore pleine de mon deuxième café du matin, j'ai ouvert à un homme plus petit que moi, assez fin, au visage doux, dont le ton de voix, je m'en souviens maintenant, avait quelque chose de singulier.

— Je suis le nouveau curé du Jary, a-t-il dit. J'espère que je n'arrive pas trop tôt.

Je ne sais plus ce que je lui ai répondu. Avant qu'il vienne frapper à ma porte, j'avais imaginé me taire jusqu'à la fin de l'après-midi. Toutes les femmes de ma vie étaient parties et allaient rentrer suffisamment tard pour que je m'ennuie d'elles et que je me languisse de leur retour, de savoir comment s'était passée leur journée. Mais pas tout de suite. Là, c'était l'heure où j'aimais marcher seul et sans but avec ma tasse encore chaude, d'une fenêtre à l'autre, à écouter le murmure des voitures qui quittaient le bourg, à laisser mon esprit penser ou ne penser à rien. Ça m'a embêté de devoir ouvrir à ce visiteur inattendu qui sans doute me voulait quelque chose. S'il était venu si tôt, à pied, au bout de l'impasse, c'était forcément qu'il avait une idée derrière la tête.

Il s'est présenté, et peut-être a-t-il précisé d'où il venait, encore une fois j'aurais dû noter, j'aurais dû tout noter. La mémoire est capricieuse, la mienne en particulier. Dans la famille de Nathalie ils ont tendance à devenir fous avec l'âge. Moi, même en restant lucide dans les dernières années, c'est du côté des souvenirs qu'il y aura des blancs. J'oublie à mesure que les informations me viennent, sauf une poignée de détails, importants ou dérisoires, qui réussissent à s'accrocher. L'effacement a déjà commencé. Ça se passe en silence dans mes cellules, en dehors de ma volonté, comme presque tout. J'ai un cerveau qui ne veut pas s'encombrer. J'en ai honte parfois. J'aimerais projeter l'image de quelqu'un de plus conséquent mais, j'ignore pourquoi, j'ai une tête qui veut seulement vivre et oublier.

Tout ce que je sais, c'est que je n'ai pas eu envie d'écouter ce qu'il avait à me dire sur le pas de la porte. Peut-être qu'il y avait un courant d'air, peut-être que je me suis senti con à moitié dehors avec mes pantoufles. Alors j'ai fait le geste, et il est entré.

— C'est beau chez vous, a-t-il d'abord lancé, en me souriant.

Et puis il l'a répété, avec variation, c'est vraiment beau chez vous, en s'avançant jusqu'à la fenêtre. Ça m'a fait plaisir, c'est toujours bien les compliments, surtout au début, surtout qu'il avait l'air sincère.

— Et puis vous avez une jolie vue.

— C'est sûr que vous, la vue, au presbytère…

— Vous connaissez ?

Voilà. C'est là que je me suis dit qu'il avait quelque chose d'étrange. Dans l'empressement de répondre à mon commentaire ironique, dans l'espoir à peine masqué que contenait sa question abrupte, vous connaissez ?, espoir aussitôt déçu et qui m'a fait pitié, dans notre silence à ce moment précis où nos regards se sont sondés. J'ai senti un trouble, chez lui comme chez moi, j'ai perçu le poids d'un mystère que je n'ai fait qu'effleurer. Et puis après, plus jamais. Plus jamais je n'ai soupçonné le curé du Jary. Avec le temps, j'ai bien vu qu'il était un peu particulier, qu'il y avait des plis, du mou dans la chasuble, pour reprendre l'expression du garagiste. Mais pour moi ce n'était rien d'autre que des traits de sa personnalité.

— Non, j'ai répondu, je n'y ai jamais mis les pieds.

— Et l'église ?

— Je vous arrête tout de suite : si vous cherchez des paroissiens pour dimanche, malheureusement c'est pas chez moi que vous allez en trouver.

Je mentais un peu. On allait aux fêtes. Mais je n'ai pas voulu qu'il se fasse des idées. Je me suis occupé de ce deuxième café et lui a entrepris de me détailler son parcours. Quand je me suis retourné et que j'ai posé sa tasse devant lui sur la table, il avait déjà fini. Tout ce que j'ai retenu, c'est qu'il était très heureux d'avoir été envoyé ici.

J'ai hoché la tête. C'est vrai que c'était un village sympa, pour un curé je ne sais pas mais juste pour vivre oui, ça allait. Ça allait depuis plus de trente mille ans, peut-être pas exactement au Jary, mais dans le coin c'est une certitude scientifique : après la guerre ils ont déterré des ossements à La Combe. Des os préhistoriques. Il y a trente mille ans, il y avait des humains dans les délimitations actuelles de la commune du Jary. Il y a trente mille ans, comme le curé, les gens trouvaient déjà que l'endroit était sympa.

J'ai proposé des tartines. Je lui ai parlé du village. Il m'a écouté. Il semblait heureux de partager ce moment matinal avec quelqu'un, un autre être humain. Il ne devait pas se réveiller souvent dans des maisons vivantes. Je l'ai imaginé allant prendre son petit-déjeuner dans l'église déserte. Les pieds nus sur la pierre glacée au milieu de l'allée centrale, se figurant à quel point il serait seul si Jésus et tous les saints de la Bible, d'un coup, l'abandonnaient.

— On m'a dit que vous êtes prof ?

— Oui.

J'ai bu une gorgée de café. Une autre. Reposé la tasse.

— En arrêt maladie, j'ai précisé pour interrompre le silence dans lequel il nous maintenait, comme s'il attendait une précision, comme s'il savait déjà.

— On m'a dit que vous avez des enfants…

— Deux.

Et vous ? Comme un fusil-mitrailleur qui s'enraye. J'ai formulé cette demande de manière automatique et, pour une raison purement mécanique, elle n'a pas franchi mes lèvres. Je n'ai pas demandé au nouveau curé du Jary s'il avait, lui aussi, des enfants, mais peut-être a-t-il perçu la vibration de la question quand elle s'est écrasée en remontant contre ma gorge.

— Prisci, la benjamine, et Amélie.

Il a voulu savoir si elles allaient au catéchisme. J'ai répondu que je n'étais même pas certain qu'elles sachent ce que c'est.

— Vous, au moins, vous n'avez pas peur de dire ce que vous pensez.

C'était vrai. De plus en plus. Il a semblé désolé.

— Remarquez, j'ai dit pour arrondir les angles, peut-être que ça reviendra.

— Le catéchisme ?

— Oui. Et tout le reste. Pourquoi pas ? Non ? On ne sait toujours pas ce qu'on est venu foutre sur Terre.

Le curé a envisagé cette possibilité – et ces questions ouvertes – avec un intérêt aussi vif que bref. Que vain. Et même moi, qui me moquais de tout, c'est ce que Nathalie me répétait souvent avant, un peu moins maintenant qu'elle craignait pour l'état de mon mental, même moi j'ai été touché par le désenchantement du nouveau curé, son air triste qui s'efforçait de rester souriant, sa vulnérabilité déchirante de Quichotte dans les toutes dernières pages.

Pour lui remonter le moral je lui ai parlé du prof d'espagnol et de la prof de physique qui partaient ensemble chaque année dans les Vosges faire une retraite au monastère.

— Mais j'imagine que vos collègues n'y vont pas pour prier. Je suis sûr que c'est pour méditer. C'est la grande mode, maintenant... méditer !

— Est-ce que ce n'est pas, un peu, la même chose ?

J'ai vu ses épaules s'affaisser. Il n'y avait rien à faire. Tout ce que je pouvais dire pour le réconforter finissait par retomber en tristes miettes à ses pieds. J'ai senti une peine immense chez cet homme. Et cette peine m'a paru sincère ; honnête, c'est une autre histoire, mais sincère cela ne fait pas l'ombre d'un doute.

— Écoutez… je n'ai pas d'opposition de principe pour qu'elles aillent au catéchisme. Tant que mes filles ont du temps pour elles, je m'en fous.

J'ai vu l'espoir renaître sur le visage du curé. Il allait ouvrir la bouche, me remercier sans doute mais je me suis senti obligé de préciser :

— Il faut juste qu'elles soient d'accord.

Le curé a cligné des yeux et fait de son mieux pour ne pas me montrer qu'il souffrait.

— J'en parlerai aussi à Nathalie.

Il a marqué une pause, hésité, me fixant comme un animal blessé qui appréhende le prochain coup de feu.

— Nathalie, c'est ma femme.

Je suis passé par le haut du village pour aller chez Pèlerin. Je voulais voir cette barrière que les sangliers avaient enfoncée. Ils avaient tout labouré, c'était ce qu'on disait, mais j'avais envie de voir ça de mes propres yeux. Il paraissait que c'était incroyable, des bêtes pas plus grandes qu'un chien, que ça puisse faire des dégâts comme ça à la seule force du groin, et qu'il y en avait de plus en plus, et qu'il allait falloir faire quelque chose, le conseil municipal ou pourquoi pas remonter jusqu'au préfet, pourtant ils étaient nombreux les chasseurs, mais est-ce qu'ils tiraient droit ?

L'herbe avait frémi. Sur la moitié du champ c'était comme si des veines, des galeries, avaient repoussé la surface sans jamais la crever. On aurait dit que la jachère reposait sur un sol liquide et que ce sol avait figé. La clôture avait déjà été enlevée, l'entrelacs métallique roulé sur le talus attendait d'être emporté par le propriétaire, mais un poteau renversé témoignait de la force du passage de la horde de porcs sauvages.

Un oiseau est apparu. Une buse ou autre chose. Je n'ai jamais su les reconnaître. On peut passer une vie dans la nature et ne savoir le nom de rien. Je connais les arbres, un peu. Je sais les animaux qu'on chasse. Quelques fleurs dont on fait des bouquets. Pour le reste je suis comme cette buse ou autre chose, ces sangliers qui m'observaient de loin sans avoir besoin de me nommer.

J'ai levé la main pour saluer le rapace qui a fendu l'air au-dessus de moi avant de disparaître. Si quelqu'un m'avait vu faire, on aurait dit "Voilà, c'est bien une dépression nerveuse".

Mais personne n'a rien vu. Ce n'est pas un chemin très fréquenté. Ce n'est pas celui qu'on prend quand on est pressé de sortir du village. Ce n'est pas celui qu'on prend pour aller chez Pèlerin. Pourtant, cette route dont tout le monde se fout, je suis sûr que c'est une ancienne voie romaine. Il suffirait d'aller aux archives pour le vérifier. Mais qui est-ce que ça intéresserait de savoir ? Des voies romaines, il y en a partout.

En arrivant devant chez Pèlerin, un de ses employés m'a fait signe de ne surtout pas m'arrêter là. Ils avaient goudronné le parking et s'apprêtaient à tracer des lignes entre les emplacements. J'ai laissé la voiture un peu plus loin sur le bas-côté et remonté le sentier de vieux cartons étalés sur le bitume déjà poussiéreux jusqu'à la porte du bureau, assommé par l'odeur de la peinture blanche qu'ils étaient en train de faire chauffer.

Pèlerin avait préparé des devis, des croquis qu'il avait reportés sur le vieux plan que je lui avais donné quelques jours auparavant, photocopié depuis les papiers du notaire. Je ne reconnaissais rien.

— En vert c'est le nouveau tracé du chemin, vous le voyez, là ?

J'ai suivi son doigt.

— Donc là, c'est la nouvelle limite de la pelouse si on rase le garage et la cabane en parpaings, en jaune c'est la tranchée qu'il faut creuser de toute façon pour la mise à niveau électrique et en rouge, c'est une ébauche pour le bassin.

Il s'est relevé et n'a rien trouvé d'autre à faire que de se gratter le nez devant moi, juste à l'entrée des narines.

— Le bassin, je ne savais pas où vous voulez le mettre exactement. On va dire que c'est *un premier jet*, ce qui tombe bien vu que c'est pour une piscine.

— Pourquoi pas en bleu ?

Pèlerin a levé les yeux avec incrédulité : son jeu de mots avait-il pu m'échapper ?

— C'est juste que j'ai un peu de mal à visualiser.

Habitué à s'adapter aux états d'âme de ses clients, Pèlerin est redevenu sérieux sans même y réfléchir et a promis d'utiliser le bleu pour de prochains schémas. Mais avant, il était curieux de savoir : quel calendrier avait-on en tête ? Avions-nous pensé à aller voir notre banque ?

— Non. On va déjà commencer par la mise aux normes. Le reste ça peut attendre.

— Oui, enfin… oui et non : le Lieu-Beau, c'est pas la porte à côté.

Il m'a expliqué qu'il serait plus avantageux, d'un point de vue pratique et donc financier, de regrouper les chantiers. Avec une petite heure de route pour chaque aller-retour, ça aurait beaucoup plus de sens d'essayer de tout faire en même temps.

Je lui ai dit que je n'avais pas trop la tête à planifier des grands travaux en ce moment et qu'on pouvait déjà lancer la première phase : le raccordement du compteur qui n'avait pas été fait dans les règles, sans doute par mon père lui-même, à une époque où on était moins regardant. Alors que j'étais en train de lui parler, j'ai remarqué que Pèlerin fixait le carnet de chèques que je tenais entre les mains et que j'étais prêt à effeuiller et signer sur-le-champ pour sceller le début de notre collaboration. J'ai vu de la déception dans son regard et j'ai pensé qu'il ne prenait plus que la carte, ce qui m'a étonné, ou le liquide, mais il ne s'agissait pas de cela :

— Si c'est juste raccorder le compteur, alors pour moi, je vous le dis très honnêtement, ça n'en vaut pas la peine. Un compteur, c'est l'histoire d'une heure ou deux et moi je ne gagne rien là-dessus.

— Et si on rase aussi le garage et la cabane en parpaings ?

Pèlerin semblait sincèrement désolé de devoir m'expliquer que sans la piscine, pour lui, le jeu n'en valait pas la chandelle. Une heure de route aller-retour. Avec la pelleteuse qu'il lui faudrait sans doute laisser sur place pendant la nuit. Il a écarté les mains en me montrant ses paumes dans un geste répété qui devait signifier l'impuissance, la fatalité. Puis, d'un coup, son regard s'est illuminé.

— Ah ! Au fait : c'est bien vous la maison au Chagrin ? Celle qui est un peu dans les bois, là.

— Oui, enfin : je m'en occupe juste. Comment vous savez... ?

— Parce que j'ai fait des travaux là-bas.

— Ah.

— Et j'ai oublié une boîte de forets.

Pèlerin a fouillé dans une étagère et en a sorti une caissette de plastique gris. Il l'a ouverte, elle était vide, de la sciure ou du plâtre était collé dans la jointure.

— C'est la même, en bleu. En passant, si vous avez l'occasion... Elle doit être sous le ballon d'eau chaude, ou pas loin. C'est pas pressé, hein, mais c'est toujours embêtant de perdre ses outils.

J'ai pris la boîte dans les mains et l'ai retournée pour en regarder chaque côté. J'ai dit que si je la retrouvais, je ne manquerais pas de la lui rapporter. Pèlerin a souri. Peut-être a-t-il pensé qu'il était malin et qu'il venait de faire d'une pierre deux coups : j'allais lui ramener ses outils et lui donner une deuxième chance de me faire changer d'avis pour la piscine.

— Est-ce que vous connaissez des entrepreneurs au Lieu-Beau ?

J'ai vu l'expression de Pèlerin changer. J'ai presque dû m'excuser pour qu'il comprenne que je ne voulais pas qu'il me recommande la concurrence, que c'était juste pour percer le mystère de ces clés introuvables.

— Avec le notaire, on a fait le tour des gens à qui mon père aurait pu les confier et là, en vous parlant, je me dis : la barrière a l'air toute neuve. Si ça se trouve il a fait faire des travaux récemment à une boîte du coin et c'est eux qui ont gardé les clés.

Pèlerin a hoché la tête. Il suivait le raisonnement et pourtant on voyait que ça l'embêtait de donner un nom. De risquer de contribuer à la hausse d'un autre chiffre d'affaires, sans aucune contrepartie. Mais il s'est raisonné. Il y avait là un cas qui commandait une exception. Alors il a fini par lâcher : Baptista. Vous pouvez essayer Baptista à Sainte-Foy. Et pas un mot de plus. Je l'ai remercié et il m'a raccompagné vers la porte qu'il a ouverte pour moi, tout en me rappelant à la plus grande prudence à cause de la peinture fraîche.

J'avais fait quelques pas sur le chemin de carton quand j'ai entendu sa voix s'élever derrière moi, comme pour m'accompagner :

— Et merci pour ma boîte à forets au Chagrin.

Un silence, et puis :

— À l'occasion, hein, je ne veux pas vous presser.

— Non, pas de problème : je dois y aller demain.

La maison au Chagrin. C'est l'oncle de Nathalie qui a eu l'idée. Au fait, il a dit, j'ai pensé avec Paule, ça fait trois semaines qu'on te voit tourner en rond. On a peut-être quelque chose à te proposer, quelque chose qui ne demande aucune responsabilité mais qui te permettra de gagner un peu d'argent à côté et, surtout, te fera lever du lit. Qu'est-ce que tu en penses ?

Je n'ai pas su quoi répondre. Il a rentré ses courses dans son coffre en m'expliquant brièvement de quoi il s'agissait. Puis, vu mon manque d'enthousiasme, on s'est dit au revoir. Pourtant, poussant mon chariot vide vers le supermarché, c'est comme si la conversation ne s'était pas arrêtée. Et je lui parlais encore dans ma tête en errant dans les allées de la grande surface. Mais *putain de merde*, qu'est-ce que tu crois, Maurice ? Que j'ai à ce point peur des *responsabilités* ? Que j'ai besoin d'une raison pour me lever le matin ? Et quand bien même j'aurais besoin d'une raison, est-ce que j'ai vraiment le choix ? Tu crois qu'elles font quoi, mes filles, quand le réveil sonne ? Tu crois qu'elles se précipitent pour me faire du café en me demandant si j'ai passé une bonne nuit ? Moi, ce qui me fait sortir du lit, ce n'est pas l'odeur des tartines grillées qu'on me prépare sans faute depuis trente, quarante ou cinquante ans parce que je dois aller au travail, comme dans ton cas, y compris depuis que tu es à la retraite et que tu pourrais te les beurrer tout seul, franchement ! Moi c'est la vie qui me fait ouvrir les yeux, la vie en soi et rien d'autre. Si mes filles n'étaient pas là, si ma femme n'était pas là, eh bien j'en sortirais quand même, du pieu. Et tôt, en plus de ça, tôt ! Je n'ai pas de problème existentiel pour sortir du lit. Que ce soit dit une fois pour toutes : je ne suis pas déprimé. Pas en burn-out. Je n'ai ni dépression ni baisse de moral, je ne file pas un mauvais coton. Ni rien. *Je suis du matin moi*, ça t'étonne Maurice ?

— Pourquoi t'as dit non à Maurice ?

— Je ne lui ai pas dit non. J'étais juste à la bourre. On n'a pas eu le temps de discuter.

— Il m'a dit que tu n'avais pas l'air intéressé.

— Ce n'est pas le problème : je n'allais pas dire oui à ton oncle, comme ça, sur le parking du supermarché sans réfléchir.

— Réfléchir ? Mais réfléchir à quoi ?

À s'occuper d'une maison. Une maison comme il y en a des centaines, des milliers d'autres dans la région. Une maison où personne n'habite, au lieu-dit Le Chagrin. Une maison modeste mais jolie à côté de laquelle on a fait creuser une piscine il y a quelques années. Ça se voit aux joints qui commencent à partir et qu'on replace comme des pièces d'un puzzle de plus en plus dépareillé.

Une maison que les anciens ont construite loin de tout bourg, on se demande pour quelle raison, seule au milieu d'un champ perdu, d'une clairière dans un bois de chênes verts. Son isolement a fait que pendant longtemps la maison était vide, vide et abandonnée. Elle a été transmise avec les héritages, comme de vieux papiers, puis elle a été achetée et rachetée, au prix de la ruine, du terrain, jusqu'au jour où les propriétaires du moment ont vu que d'autres, dans la région, parvenaient à faire un peu d'argent avec des bâtisses à l'abandon bien retapées. Jusqu'au jour où on s'est aperçu que les touristes venus de France et de Belgique, parfois d'Angleterre, étaient prêts à la louer à la semaine pendant l'été. Il ne fallait que quelques photos sur internet. Pas besoin d'installer le chauffage. Il suffisait de le mentionner sur le site : *les étés sont assez chauds et l'épaisseur de la pierre maintient à l'intérieur une fraîcheur que l'on apprécie.*

Jusque-là, c'était la tante de Nathalie qui se chargeait de donner les clés aux locataires, de changer les draps et de passer un coup d'aspirateur avant qu'ils arrivent. Mais *Paule fatiguait* selon son mari qui avait eu cette idée, qu'il avait essayé de m'expliquer en coup de vent sur le parking du supermarché : est-ce que ça m'intéresserait de m'en occuper ? On ne savait pas combien de temps durerait mon arrêt maladie, on pouvait être optimiste mais il était presque sûr, en tout cas c'était l'avis général, que je ne travaillerais plus en juin. Et après juin viendraient les vacances. Personne n'envisageait que je reprenne le travail avant septembre. Alors, avait dit Maurice, pourquoi ne pas s'aérer la tête avec une activité qui ne demandait aucune compétence, qui me rapporterait un peu d'argent de poche et déchargerait Paule ? Ce n'est jamais positif de rester trop longtemps inactif. Et tout le monde a trouvé que c'était une bonne idée.

J'ai arrêté la voiture à la limite des arbres pour ne pas empiéter sur l'herbe qu'il allait falloir tondre une nouvelle fois. Après les pluies la chaleur faisait que tout poussait, sauf ce qui avait été en germe trop tôt avant les dernières gelées et qui, n'y pouvant rien, pourrissait.

J'ai vidé les filtres de la piscine, ramassé les feuilles à l'épuisette. Quelques minutes plus tard, la tondeuse a déchiré la poésie du lieu. Elle est partie, hurlant, me traînant sur son dos. Je l'ai menée dans tous les coins de la clairière, taillant l'herbe en boustrophédon en souvenir de cet obscur concept grec appris pendant mes études et pour éviter que la machine, en repassant sur eux, ne soulève les brins d'herbe coupée et qu'ils ne finissent dans l'eau.

Les futurs locataires ont téléphoné. Ils m'ont dit qu'ils seraient un peu en retard. L'oreille toujours collée à l'appareil, j'ai regardé ma montre et j'ai pensé que je ne serais jamais rentré à temps pour les filles, qu'il faudrait prévenir Nathalie.

— D'ailleurs, je ne sais pas si vous l'avez lu sur le site mais, quand vous arrivez au bout du dernier village, on vous conseille de prendre le chemin qui commence juste derrière l'ancien lavoir. Ce n'est pas indiqué et on dirait qu'il va nulle part mais…

J'ai voulu préciser que, contrairement aux apparences, c'était *ce chemin* qui donnait l'impression d'aller nulle part qui était le plus direct, mais ils ne m'ont pas laissé finir ma phrase. Ils m'ont dit qu'ils avaient rentré les coordonnées dans *leur* GPS. Qu'ils avaient juste *le problème d'arriver*. Je n'ai pas insisté. La conversation était mauvaise. Le haut-parleur sur l'autoroute découpait les voix. J'imaginais les enfants derrière qui se retenaient d'éclater, leur mère qui leur faisait "Chhht !!".

— OK d'accord. À tout à l'heure alors. Je suis là, de toute façon. Je vous attends.

J'ai vérifié que l'aspirateur avait bien été passé sous la table de la salle à manger, pointé le nombre de draps dans les chambres, pris des couvertures supplémentaires dans le placard qu'on devait laisser fermé à clé durant le séjour des estivants. J'ai remarqué qu'un léger film de sueur commençait à recouvrir mon front. Ce n'étaient pas les grosses gouttes qui perlaient autrefois pendant les travaux aux champs mais il y avait de quoi être fier : ce front humide, la vision de la clairière tondue, des lits bien faits, tout cela représentait du travail et il fallait, pour reprendre l'expression de Maurice et Paule, savoir être content de soi.

J'ai erré, un peu, dans la propriété, sans oser aller plus loin que la lisière des chênes à cause des tiques. Le bleu de la piscine, le frais étaient tentants. À quoi bon résister ? J'ai laissé mes vêtements sur le bord et je me suis enfoncé dans l'eau en prenant bien soin de ne pas mouiller mes cheveux.

— Oui. Nathalie ? Devine d'où je t'appelle ?… Exactement ! Comment tu sais ?… Un peu froide mais ça va…

Non, non, c'est bon : ils ont eu des bouchons sur la route... Quoi ?... Bah oui : à poil. Qu'est-ce que tu crois ?

J'ai menti à Nathalie. J'ai dit que les locataires n'arriveraient que dans deux heures. Compter large. Au moins trois heures. Du temps volé dont j'ai eu un peu honte mais aussitôt une douce euphorie s'est emparée de moi qui ne m'a plus quitté jusqu'au soir et au baiser dans le cou des filles et au "Dors bien, à demain" prononcé encore plus tard dans un demi-sommeil. Du temps emprunté, plutôt que dérobé, et que je rendrais un jour à celle qui me l'avait concédé. Il n'y aurait pas de drame, pas de reproche et personne à part moi ne saurait jamais rien de cette petite manipulation comptable. D'un seul coup j'effacerais ma dette et ma culpabilité. J'imagine que c'est ainsi que tous les couples fonctionnent, en tout cas pour le nôtre je trouve que c'est un bon calcul ; heure pour heure, temps pour temps.

En sortant de l'eau, je n'ai pas voulu utiliser une des serviettes que j'avais préparées pour les locataires ni asperger les coussins que j'avais disposés sur les chaises longues. J'ai séché debout, au soleil, presque immobile pour ne pas disperser les gouttes et pour laisser aux traces de mes pas sur les dalles du rebord le temps de disparaître.

Il fallait le dire, le crier : c'était une belle journée. Une journée que je ne passais pas enfermé dans une salle de classe, dans une salle des profs, dans une voiture familiale de fabrication française. J'étais seul au milieu des arbres, neuf, les couilles à l'air, préservé dans ma pudeur, à l'abri des jugements.

Une fois ma peau séchée par le vent doux, je me suis rhabillé, me suis allongé sur un transat et je n'ai plus bougé. Vers quatorze heures, au lieu de midi, j'ai vu arriver une Passat break par le chemin en terre. Les trous dans la route faisaient bondir les amortisseurs. Les enfants rigolaient. Les parents en avaient marre.

— Je comprends pas, m'a dit le conducteur à peine descendu de la voiture : on a suivi le GPS !

— Oui, j'ai simplement répondu… Ce n'est pas toujours bien indiqué.

On a fait ensemble le tour de la maison, les garçons qui couraient et les adultes qui repoussaient l'entrée définitive dans les vacances pour ne pas passer à côté d'un détail important, le fonctionnement des appareils ménagers, la piscine ? Rien à faire, s'il y a le moindre problème, vous m'appelez. Je leur ai indiqué le sac en toile pendu à une poutre dans la remise. Il contenait une tente familiale achetée pendant les soldes par les propriétaires au cas où des locataires voudraient camper dans le jardin. Maurice était très fier de cette attention qui le distinguait du tout-venant des loueurs de vacances. Ainsi que du pot de miel et de la bouteille de vin offerts aux arrivants.

Je suis retourné à la voiture avec la certitude que je les entendrais plonger avant d'avoir quitté la propriété. Pour une raison que je ne voulais pas connaître, les enfants avaient été arrachés à l'école avant que l'année scolaire finisse. Leur impatience ne pouvait plus être contenue.

J'ai fait marche arrière puis demi-tour sur le chemin en prenant bien soin d'ouvrir les fenêtres en grand pour ne rien perdre du craquement du petit bois que j'écrasais en manœuvrant. C'est là que je me suis souvenu de la boîte à forets de Pèlerin. Trop tard, j'ai pensé. Les vacances des uns venaient de débuter. Et puis j'avais d'autres choses bien plus importantes à faire, tout le reste de ce temps volé à perdre, à commencer par cette idée qui venait de me passer par la tête en repensant à Pèlerin et à sa boîte à forets.

J'ai roulé longtemps à l'opposé de la maison et, arrivé à Sainte-Foy, je me suis fourvoyé encore une demi-heure à trouver la route qui menait à une zone artisanale fantôme qu'aucun panneau, jamais, n'indiquait. Il faut dire qu'il n'y avait qu'un seul atelier, comme à l'abandon, et que lui-même ne portait pas d'enseigne. J'étais sur le point de renoncer et de rentrer au Jary lorsque j'ai aperçu sur une boîte aux lettres le nom que je cherchais : Baptista.

La France était foutue.

Une phrase que j'avais souvent entendue dans la bouche de mon père quand j'étais petit, quand je faisais encore attention, et qui m'a marqué. Plus tard, pendant une brève période, vers douze ou treize ans, j'avais essayé d'en disputer le caractère certain, sans aucun succès. Quels que soient mes arguments, mes observations divergentes, mon optimisme, la France continuait d'être foutue et les preuves de s'accumuler : un chantier où aucun ouvrier ne travaillait, un magasin fermé avec une note "Je reviens dans 5 minutes", un type à quatre-vingts sur l'autoroute, un jeune en voiture allemande à cent soixante, un coup de fil aux impôts, un jardin entretenu en dépit du bon sens. "De toute façon, quand on voit ça..." À l'époque, je complétais ses phrases dans ma tête. Je savais. Il ne servait à rien de discuter ce qui, au fond, n'était pas discutable et qui, je le compris plus tard, n'avait jamais été un sujet de débat mais plutôt une confession : sans le vouloir, en prononçant ces mots, c'est de la couleur de son âme qu'il m'avait parlé ; de son angoisse de déchoir, de la fatalité d'être englouti par le néant.

La France était foutue. Voilà les mots qui étaient sans doute venus à l'esprit de mon père lorsqu'il avait passé – j'espérais que c'était le cas – la porte de l'atelier de Baptista. De nombreuses vitres avaient été cassées sans jamais être réparées. Seul un carré au-dessous de la machine à bois avait été bétonné. Le reste du sol était de la terre meuble, magma sombre où attendaient de rouiller un grand nombre de vis en inox échappées au fil du temps. Peut-être que c'est cela qu'on retrouverait lors des prochaines fouilles. Un de mes professeurs à l'université estimait qu'il faudrait cinq siècles pour que nous devenions à notre tour des objets d'intérêt archéologique, des sujets qui en vaillent le coup. Dans cinq siècles, donc, les vis de Baptista seraient détachées de leur gangue et exposées à des regards curieux. Ainsi vivaient-ils. Des technologies, un confort sommaires ; des chiottes sous l'escalier dont les murs en bois aggloméré auront disparu depuis bien longtemps. Peut-être retrouveront-ils les traces de la colle toxique qui maintenait les particules ligneuses ensemble et ils penseront : étaient-ils fous ? Les anciens, diront-ils, avaient de la pudeur mais pas beaucoup de jugeote. Jusqu'à ce qu'une chercheuse émette l'hypothèse qu'il s'agissait de chiottes provisoires. Une façon d'éviter de devoir monter l'escalier à chaque envie de pisser pour atteindre les toilettes en dur du bureau à l'étage. Sous réserve de nouvelles découvertes, ces vestiges douteux constituaient vraisemblablement une solution pragmatique et économique afin d'interrompre le moins possible la journée de travail pour des besoins naturels. On trouvait des panneaux de contreplaqué à moins de dix euros le mètre carré. C'était valable pour aujourd'hui comme pour dans cinq cents ans : il ne faut pas juger les gens trop vite.

Il n'y avait personne dans l'atelier et je ne savais sur quoi frapper, sur quoi cogner pour signaler ma présence. Les sons, mes pas, mes raclements de gorge finissaient par s'enfoncer avec les vis dans le silence de la terre battue insondable où je m'étais avancé.

Un bruit de chasse d'eau. J'ai entendu quelqu'un tousser, renifler. La porte coincée sous les marches s'est ouverte. Un type est sorti en refermant sa braguette.

— Vous me cherchez ? a-t-il demandé en m'apercevant, à peine étonné de me trouver là.

J'ai répondu que j'étais le fils Granget. J'ignore pourquoi je lui ai dit ça, comme ça, de manière aussi abrupte, alors qu'il était encore en train d'ajuster sa ceinture. J'avais le verbe un peu vif ces derniers temps. Les mots qui sortaient facilement sans avoir été convoqués, ou alors par des instances dont je n'avais pas tout le contrôle.

— Il est mort il n'y a pas longtemps. J'ai pensé que vous le connaissiez peut-être… Mais peut-être pas.

— Si, si, je vois qui c'est ; qui c'était… a-t-il fait en s'avançant vers moi et en me tendant son bras. Je ne vous serre pas la main, hein, le lavabo est à l'étage.

Je l'ai touché, pour le saluer, un peu en dessous du coude, tout en scrutant ce visage que j'avais dû apercevoir autrefois. Même si nous avions vécu dans deux communes limitrophes, même si une génération nous séparait, il était fort probable que nous nous étions croisés à l'épicerie de ma jeunesse ou plus tard au supermarché quand ils l'avaient construit l'année de mes treize ans. Mais malgré tous mes efforts, je ne me souvenais de rien.

— Alors voilà je suis venu vous voir parce que je me suis demandé : est-ce que par hasard ce n'est pas vous qui avez repeint sa barrière, au Lieu-Beau ?

Baptista m'a regardé comme s'il n'avait jamais entendu une question aussi longue, comme s'il devait en rester un bout. Et puis :

— Non. J'ai jamais travaillé pour lui, à part une fosse septique mais c'était il y a bien quinze ans. Votre père, j'ai l'impression, c'était pas quelqu'un qui faisait faire les choses.

Malgré sa réponse qui venait de doucher mon optimisme, j'ai confié à Baptista la raison de ma visite, mon espoir que les clés soient en sa possession vu qu'il était l'un des seuls artisans du coin à qui mon père aurait pu demander de repeindre la barrière. Ou de mettre un cadenas tout neuf.

— Et si ce n'est pas vous, peut-être vous avez une idée de qui ça pourrait être.

— Ouh… non. Non. Non. Non…, m'a-t-il répondu.

Ça devait être une évidence que personne, ici, ne pouvait remplacer Baptista ; et encore moins garder les clés d'un mort. Il m'a expliqué que cela faisait des mois qu'il n'était pas passé devant la maison et la dernière fois, *honnêtement*, cela ne l'avait pas frappé que la barrière avait été repeinte. Des fois, m'a-t-il rassuré, il suffit que le lierre tombe : on dirait qu'on a remis un coup de peinture alors qu'en fait, non. Vous auriez dû me téléphoner. Je vous aurais dit et vous ne seriez pas venu pour rien.

— Je ne suis pas venu pour rien.

C'est sorti de ma bouche sans aucune préméditation. Du tac au tac. Du vent. Je ne savais même pas ce que j'étais sur le point de lui raconter. Mais ça a allumé une lueur d'attente dans le regard de l'artisan. Alors j'ai réfléchi, j'ai hésité et puis je lui ai demandé :

— Vous faites des piscines ?

— Des piscines ? C'est-à-dire… : je peux vous creuser un trou si vous voulez, mais pour tout le reste : je sais pas faire ; je n'ai plus vraiment le droit.

À défaut des clés, je suis rentré au Jary avec un nid que j'ai découvert en retournant à la voiture, à l'aplomb du toit de l'atelier de Baptista. Je l'ai donné aux filles en les rassurant, en leur disant qu'aucun oiseau n'avait été blessé, de la conception du nid à sa chute inattendue sur le gravier, qu'aucun chat n'était responsable. Et l'objet a rejoint la collection hétéroclite de nos bords de fenêtres. Des cailloux qu'Amélie avait trouvés jolis, des plumes, les os d'un crâne minuscule extrait d'une pelote de déjection, le caca par la bouche des rapaces tel que Nathalie l'avait expliqué aux filles, et elles avaient bien ri, et on avait négocié le fait qu'il devrait disparaître avant la fin de la semaine parce que c'était quand même un peu dégueulasse. Mais cela remontait à plusieurs années ; et le crâne y est toujours.

Nathalie a replié le sac de courses et appuyé sur le bouton de la machine à café. En vain. Sa main a découvert le fil qui pendait dans le vide. Je l'ai regardée tâtonner contre le mur sans dire un mot. J'ai entendu l'interrupteur, une pause, un ronronnement. C'est moi qui l'avais débranchée le matin même après des années où la prise n'avait dérangé personne dans ce coin-là de la cuisine. Mais la vérité c'est que la lumière rouge m'agressait. Quand je me tenais debout devant le plan de travail, ou quand je revenais du salon, j'avais cette impression de me prendre un laser en plein visage. Nathalie ne pouvait pas comprendre. J'étais plus grand qu'elle, ça devait faire un angle. J'ai été soulagé qu'elle ne me demande pas d'explication ni de lui dire la vérité. Pour elle, c'était juste un fil débranché.

— Tu ne devrais pas prendre de café le soir.

Elle n'a pas répondu. Elle a fait ce haussement d'épaules que j'ai interprété sans peine, un mouvement de tout le haut du corps qui se voulait rassurant mais que trahissait l'expression ironique de son visage fuyant. Ce n'était pas appuyé, comme si elle préférait que je ne m'en aperçoive pas, comme si elle voulait s'épargner la peine de préciser que ce n'était pas contre moi : ça s'adressait à sa journée, c'était tout.

Mais moi je savais que ce n'était pas tout. *Il y avait un souci.* Des soucis. Il faudrait, à un moment ou un autre, en parler. Elle ne pourrait pas les contenir, malgré ses efforts, et les effacer avec une gorgée de café après dix-neuf heures. Il y en avait tout un sac déjà assez rempli. Quand on arriverait au bord, il faudrait le vider. Et, en se déversant, il m'en tomberait aussi sur les pieds. Même avec de la bonne volonté, on ne pourrait l'éviter. Je savais que notre prochaine engueulade était en germe dans ce haussement d'épaules et que les reproches qu'on s'échangerait étaient déjà en train d'être écrits.

D'un coup, j'ai moi aussi eu envie de café. J'ai attrapé une tasse que j'ai poussée contre la sienne pour que Nathalie n'ait pas besoin d'interrompre le flot après s'être servie, et ça a réussi, à part deux ou trois gouttes qui, fatalement, ont fini par terre et l'ont fait râler.

Et puis j'ai entendu la porte d'entrée. Et puis ça m'est revenu. Le visage de Paule, le buste de Paule s'est avancé vers nous depuis la pénombre. Elle s'est excusée de peut-être nous avoir fait peur, n'avait pas voulu sonner au cas où les filles dormiraient déjà. Pas de risque, lui a répondu sa nièce : elles viennent tout juste de monter, et Paule a bifurqué aussitôt vers l'escalier sans même prendre le temps de venir nous saluer dans la cuisine.

— J'avais complètement oublié qu'on sortait ce soir…

Nathalie m'a observé comme si je venais de lui apprendre que j'avais crevé sur l'autoroute.

— Tu ne t'es pas demandé pourquoi les filles ont mangé avant nous ?

J'ai vu le fil de ses pensées faire une petite boucle entre ses sourcils, une petite boucle contrariée comme chaque fois qu'elle croyait que j'étais à deux doigts d'un nouvel épisode. Peu importe si c'était vrai ou pas : un soupir mal placé de ma part suffisait à relancer ses craintes. Alors, dès que ça la prenait, je ne pensais plus qu'à la rassurer. Et rien ne rassure autant les gens qu'un visage paisible. Pas de phrases surtout, les phrases c'est louche, juste un sourire comme sur une photo de groupe ou quand on reçoit le cadeau de Noël d'une grand-tante. L'impassibilité rassure. Et souvent ça suffisait.

Nathalie a fini sa tasse et s'est réfugiée contre moi et je me suis senti fier de pouvoir encore la tenir tout entière dans mes bras. Rien ne changerait. Malgré les anniversaires, toutes les mauvaises journées au boulot, tous les sacs à vider, nos corps qui bientôt blanchiraient.

Paule est revenue dans la cuisine. Elle s'est étonnée pour la forme de nous trouver encore là. Allez ouste, a-t-elle tranché en s'accompagnant d'un geste de la main. Amélie déjà dans son lit, Prisci en train de se mettre en pyjama, Paule se chargerait du reste.

On a jugé qu'on pouvait partir sans dire bonsoir aux filles, que ce n'était pas ce soir que l'accident tragique qui faisait la trame de nos cauchemars surviendrait. On roulerait 5 km/h moins vite à l'aller. Au retour, Prisci et Amélie seraient plus loin dans nos pensées, remplacées par tout ce qui aurait été dit pendant le repas, tout ce qui n'aurait pas été dit, retenu pour ne pas faire de peine ou de vagues et qui plus tard

— Et tâchez de profiter, hein !

et qui plus tard ressortirait sous une forme ou sous une autre.

Nathalie n'avait pas envie de conduire. Ça ne m'a pas dérangé. J'aime bien la montée vers Teilhet. La route emprunte l'ancienne voie de chemin de fer. On longe des murets de granit qui n'ont pas bougé depuis cent ans, on suit les rails invisibles qu'on peut imaginer si on veut, la vapeur, le panache des locomotives qui devait se plier pour rentrer dans les tunnels.

Nous avons pu dîner dans la cour de l'ancien corps de ferme. Il faisait encore bon. Ils avaient mis des chandelles, et de l'encens pour chasser les moustiques. Comme c'était offert, en plus du baby-sitting, par l'oncle et la tante de Nathalie qui avaient estimé, à juste titre, que nous en avions bien besoin et que cela ne nous ferait pas de mal, nous avons choisi tous les deux le menu gastronomique. Elle a bu, pas moi ; enfin : juste de l'eau, même pas en bouteille. Et nous avons ri, plusieurs fois, et ça m'a rappelé de bons souvenirs, une vie autrefois, la vie d'avant, mais avant quoi ? Il n'y a pas eu d'accident. Tout s'est passé à peu près comme nous l'avions anticipé au début de notre relation. Un jour que nous sortions ensemble depuis longtemps et que les choses commençaient à devenir sérieuses, Nathalie avait tracé un trait sur une feuille de papier. Elle y avait ajouté des dates comme sur une frise chronologique. Ce n'étaient pas les rois de France. Elle s'était appliquée à représenter la période de fécondité que nous pouvions espérer, doublant le trait de ce qu'elle avait appelé la zone dangereuse et laissant la ligne s'estomper aux alentours de quarante ans. Avaient suivi deux petites croix, "là et là", juste assez espacées pour nous laisser le temps de souffler, avec un peu de chance ce seraient une fille et un garçon.

J'avais approuvé mollement en regardant ma vie dessinée sur un coin de table devant moi. Nathalie n'avait pas eu besoin de me convaincre. Il s'agissait moins de vouloir que de ne pas être contre. Elle avait raison, c'était tout, et je le pense encore. C'est vrai qu'on s'attache à ces êtres qui ne sentent pas toujours très bon, volent votre sommeil, ne comprennent rien à la vie adulte mais qui, parfois, semblent touchés par la grâce.

— Je viens de croiser le nouveau curé, a dit Nathalie. Il paraît que vous vous connaissez déjà.

La serveuse a fait irruption sur le côté de la table.

— À peine. On s'est vus deux fois.

Il m'a semblé qu'elle attendait l'autorisation de poser les assiettes devant nous. Je lui ai fait un signe et le repas, un bref instant suspendu à ses mains immobiles, a pu se poursuivre.

— Il t'a parlé du catéchisme ? j'ai demandé.

Nathalie a plongé sa fourchette dans le plat qu'on venait de lui apporter. La consistance de la purée, ou la disposition des sauces, lui a fait perdre le fil de la conversation.

— Il veut savoir si on est d'accord pour y inscrire les filles. Tu en penses quoi ? Je ne sais même pas quel jour c'est. Si c'est le mercredi. Ou le samedi. J'espère que ce n'est pas le dimanche.

— Oui, OK, a-t-elle simplement répondu.

— Tu es sûre ?

— Quoi ?

— Tu ne trouves pas qu'on devrait en discuter avant ?

— Pourquoi ?

— Je ne sais pas, c'est quand même…

— *Un peu la Bible*, une fois par semaine, ça ne peut pas faire de mal.

— Donc, si je revois le curé, je lui dis oui ?

Elle a dit "oui" en haussant les épaules et puis aussitôt s'est souvenue :

— Merde, j'ai laissé ton ordonnance sur le buffet !

Je lui ai demandé de quoi elle avait peur. J'ai compris que Nathalie avait un doute sur la curiosité de sa tante, un doute que je n'ai pas pu dissiper totalement. Tout le monde prenait des médicaments. Les biens portants comme les malades. Il n'y avait aucune conclusion à tirer d'une ordonnance oubliée sur un buffet. Sans parler des erreurs de diagnostic ni des prescriptions de complaisance.

— Je préférerais qu'elle ne tombe pas dessus, c'est tout.

Je voyais bien qu'aucun de mes mots ne parviendrait à la rassurer. On avait laissé traîner une feuille de papier où mon nom était associé à de puissants thymoanaleptiques, expression lue dans un magazine de santé. Le mal était fait. Le mieux, dans ces cas-là, n'était-il pas d'essayer de changer de sujet ?

— Tu sais que chez mon père le cadenas sur la grille est tout neuf…

Nathalie m'a regardé en fronçant les sourcils.

— Chez mon père : le cadenas et la chaîne du portail sont tout neufs. On vient juste de les changer. Et ce n'est pas possible vu qu'il n'a pas bougé de la maison de retraite.

— Et alors ?

Pas le temps de répondre. Les autres questions sont sorties de sa bouche sans me laisser le temps de dire quoi que ce soit. Je me suis contenté de hocher la tête. Oui, j'étais retourné au Lieu-Beau sans le lui dire. Oui, aujourd'hui, après avoir donné les clés aux locataires. Non, ce n'était pas une fixation. Et oui, promis, j'allais faire venir un serrurier.

Mais pas encore.

— C'est pas tant ouvrir les portes qui m'intéresse, c'est les clés : je veux comprendre où elles sont.

— Mais… mais… Tu as déjà cherché partout !

J'ai baissé les yeux comme un petit garçon pris en faute.

— Oh non : ne me dis pas que tu as encore pensé à un autre endroit…

— Bon, on y va ? a fait la plus grande d'un ton ennuyé.

Elles étaient enfin sorties de la maison et elles étaient prêtes. Amélie portait un bonnet qu'elle garda jusqu'au soir malgré les remarques et le mois de juin qui commençait enfin à assécher les champs. Et chacune avait enfilé un blouson, si bien qu'en nous voyant monter dans la voiture, la voisine nous a demandé si on allait au ski.

— Non, a corrigé Prisci, sans aucun enthousiasme : on va *juste* voir le gouffre.

Laurette a légèrement levé la main, comme une élève attentive tracassée par le manque de précision de la maîtresse. Une élève de quatre-vingt-cinq ans avec des petits doigts crochus et la peau fine comme de la soie.

— Lequel gouffre ? Parce qu'il y en a plusieurs…

J'ai souri. Je lui ai dit qu'on allait visiter le gouffre que tout le monde visite, et cette réponse lui a suffi.

— Alors vous avez de la route à faire, ne tardez pas !

Pourtant aujourd'hui ça roulerait. Nous vivions les derniers jours du printemps ; on ne craignait l'affluence ni sur la route ni à la caisse. Mais il aurait fallu être fou pour s'y rendre en pleine saison estivale, un jour de canicule. L'été, passé les quarante degrés, les grottes étaient l'un des seuls lieux publics où on pouvait encore se rafraîchir sans avoir à enfiler un maillot de bain. Avec les châteaux forts. Ne pas oublier les échauguettes des châteaux forts. Et les supermarchés, par tout temps.

La veille, les filles avaient voulu comprendre pourquoi nous tenions tant à retourner à ce gouffre qu'elles avaient déjà *vu* avec l'école. Pas très sûr de vouloir défendre la vraie raison, j'avais répondu :

— Parce que ça en vaut vraiment la peine.

La vérité, c'est que je n'étais même pas certain de cela : tous mes souvenirs de l'endroit s'étaient fondus en un. J'étais incapable de me rappeler les dates, mes impressions ou les circonstances de cette poignée de visites effectuées à des âges différents. Un gouffre est un trou, même pour la mémoire. Dans la mienne ne subsistait qu'une vague image qui résistait au temps, émergeant de cette obscurité jaunie par les projecteurs, de ce vide traversé par une passerelle métallique. Ou en bois ? Peut-être en bois. Autour : des stalactites. Mites. Des colonnes de calcaire qui donnent envie de caresser pour révéler la sensation du contact de la peau avec la surface gaufrée, mais on ne peut pas. C'est interdit. Et juste à côté des caisses : un magasin de souvenirs en partie creusé dans la roche où l'on retrouve des dinosaures malgré le fait que la région n'est pas connue pour ça. Jusqu'à preuve du contraire. Oui, après tout : pourquoi pas ? On n'a pas tout fouillé. L'absence de preuve n'est pas la preuve de l'absence. Et en attendant, les enfants en raffolent. Et les parents achètent. Depuis la banquette arrière, sur le chemin du retour, ils observent les animaux en plastique posés contre la vitre filer à des vitesses insensées à travers le paysage. S'ils sont heureux, si leurs parents ne se sont pas ruinés, si devant ils ont la paix pour rêver un peu, pour penser à autre chose, pour discuter librement, quelques minutes, entre adultes, sans ces conneries d'écrans, où est le mal ?

— Pourquoi c'est pas papa qui conduit ? Tous les autres papas, c'est toujours eux qui conduit.

— Qui conduisent, a rectifié Nathalie. Qui condui-sent.

La faute de conjugaison et sa correction immédiate ont plongé l'habitacle dans un silence morose. La plus grande a fait comme si de rien n'était. La fautive a intériorisé, comme tous les fautifs intériori-sent. Et nous, nous avons regardé la route, déprimés par ce que nous venions de faire. Ce n'était qu'un réflexe. Un coup parti sans réfléchir. Fallait-il se sentir coupable ? En avoir honte ? Gros-Chastang aimait insister sur le fait que nous étions tous des gardiens de la langue. Une faute de français appelait une correction. Prof d'histoire géo. De maths. Prof d'éducation physique. Même combat. Nous n'avions pas le choix. Dans ma tête qui voulait penser à autre chose mais ne pouvait pas, je l'entendais qui essayait de balayer mes réticences, moi qui avais des scrupules à enlever des points pour une orthographe défaillante :

— C'est nécessaire, sinon comment voulez-vous qu'ils écrivent correctement ?

Comment voulez-vous ? Comment veux-tu ? Se résigner à punir les faibles et les rêveurs pour qu'ils comprennent. S'habituer à ne pas pardonner. Ce matin-là Nathalie et moi omîmes de répondre à la question de Prisci. On oublia surtout de la réconforter. Ce n'est que quelques jours plus tard, en y repensant, que j'ai réalisé qu'elle n'avait plus ouvert la bouche pendant des kilomètres. Et j'ai été submergé par un sentiment de tristesse aussi accablant qu'irréparable. Je me suis juré de ne plus jamais corriger la syntaxe de personne, de ne plus me trouver en situation de devoir le faire, et qu'aucune rechute n'enlèverait à ma détermination. Ce n'était qu'une promesse silencieuse à moi-même, sans témoin, d'autant moins téméraire qu'elle était secrète, mais j'ai senti en la faisant que c'était un tournant dans ma vie.

Une Volkswagen blanche qui est arrivée en face a doublé une camionnette et s'est rabattue juste à temps pour qu'on puisse se croiser, chacun sur sa file. Nathalie respectait les limitations de vitesse. Elle aurait pu freiner s'il l'avait fallu. Mais aussitôt j'ai pensé : que se serait-il passé si une de nos filles avait été au volant, à notre place ? Quelle était la probabilité que la voiture que chacune devait frôler un jour, ou malheureusement percuter, avait déjà été construite ? Nous ne pouvions rien faire, à part les prévenir et raccourcir au maximum l'époque du scooter ou de la mobylette, les protéger au plus vite en leur payant leur propre protection de métal, si possible fabriquée en Europe, pour la disponibilité des pièces de rechange, et d'occasion. Mais en aurions-nous les moyens ? Combien vaudraient, dans dix ans, deux salaires de fonctionnaires ? Sur cette départementale interminable il ne nous restait plus qu'à espérer. Croire que marcher du bon côté de la route suffit pour éviter le désastre.

— Je n'aime pas trop qu'il aille aussi vite, le facteur, quand il arrive à la maison le matin, a dit Nathalie, sobrement.

— Moi non plus, j'ai répondu. Moi non plus…

Nous avons atteint le tronçon où se trouvent des panneaux indiquant la maison de retraite à venir. Il y en a quatre, je le sais, j'ai compté lors des rares visites à mon père et qu'on ne me demande pas pourquoi. Le premier est presque invisible, caché au milieu des signaux qui annoncent une zone artisanale, le nouveau discount, une pizzeria qui n'existe plus depuis des lustres, un institut de soudure qui, tôt ou tard, finira par fermer.

Le second panneau est tout petit mais tout seul, bien lisible. Il prévient qu'il va falloir une fois de plus tourner à gauche. Ce que confirme trois cents mètres plus loin une flèche proéminente plantée au bord du rond-point. De là, ensuite, il suffit de se laisser porter par la route. Elle descend en virages agréables jusqu'à une petite barre bétonnée posée sur un replat. Un kilomètre avant d'être arrivé, on ne voit plus que cela : les angles de la maison de retraite qui contrarient la courbe des collines. On est en train de se recoiffer dans le rétroviseur quand on passe enfin le dernier panneau qui, indiquant le nom complet de l'institution, signale le début du parking.

Je les ai égrainés une fois encore en refaisant le chemin avec les filles et Nathalie. Le panneau invisible, le petit, la flèche, l'inutile. Pourquoi étais-je si nerveux ? Qu'y avait-il à craindre aujourd'hui, à désespérer ? Il n'était plus de ce monde et cette maison de retraite n'était plus la sienne, la mienne, cet objectif de visite qu'on ajoute au calendrier au crayon à papier en se pinçant les lèvres, pas parce que c'est nécessaire mais parce que c'est la moindre des choses.

— C'est ça la grotte ?

— Pas encore, a répondu Nathalie. Papa veut aller demander s'ils n'ont pas trouvé quelque chose qui appartenait à son papa et qu'on ne retrouve plus. Mais ne vous inquiétez pas, ça ne nous rallongera pas : c'était prévu.

J'ai aimé comment Nathalie a évoqué le papa de papa pour ne pas avoir à dire votre grand-père, votre papy, comme pour ne pas mêler les filles à ça.

— Quoi quelque chose ? a demandé Prisci, intriguée. Un trésor ?

— Non : une clé.

— La clé d'un trésor ?

— Non. Hélas : juste une clé.

— Ah.

On a remonté à pied le sentier goudronné pour les déambulateurs et les chaises roulantes. Tout était désert jusqu'aux portes vitrées. Ce que les filles allaient découvrir derrière, elles ne pourraient jamais plus l'oublier mais peu importe : je n'avais pas envie de les en protéger. C'était la vie, un jour ou l'autre ça leur sauterait à la gueule, ce qui comptait c'était de conserver son sens de l'humour mais je n'ai rien dit, j'ai gardé ces réflexions pour moi. J'ai seulement prévenu la plus petite quand il était déjà trop tard pour reculer :

— Tu sais, ça ne sent pas toujours très bon, une maison de retraite. Ce n'est pas grave, hein. Tu es avec papa et maman. On ne va pas rester longtemps.

Et aussi, à sa sœur :

— Tu peux enlever ton bonnet : il ne fait pas froid.

Amélie m'a regardé, déconcertée : le fait qu'elle n'ôterait pas son bonnet de la journée avait été décidé par sa petite tête dure. Pourquoi son papa à elle tenait-il tant à remettre le sujet sur le tapis ? Pourquoi finissait-il toujours par lui faire de la peine ?

— Ou garde-le : t'as raison.

À peine rentrée dans le hall, Nathalie est retournée à la voiture vérifier que toutes les vitres étaient fermées ; Prisci venait soudain de se souvenir qu'elle avait *peut-être* laissé la sienne ouverte.

Amélie a trouvé que la maison de retraite ressemblait à des bureaux. Des bureaux avec des chambres, un peu comme un hôtel et j'ai pensé : c'est exactement ça, c'est exactement comme un hôtel. Le premier, le seul et le dernier hôtel où mon père, qui durant son existence avait considéré toute forme de location avec horreur, avait fini par accepter de poser ses valises.

Nous avons attendu que Nathalie nous rejoigne pour nous annoncer à la réception. De loin, j'avais remarqué que le guichet était tenu par deux femmes. À qui devais-je m'adresser ? Je sais qu'il ne faut pas y penser et que c'est leur métier mais j'ai eu peur de faire de la peine à l'une en ne parlant qu'à l'autre. Incapable de trancher, je me suis approché et j'ai regardé le stylo-bille dressé sur le comptoir en racontant que nous étions venus chercher un trousseau de clés qui avait appartenu à monsieur Granget.

— Oui, oui, a répondu l'une : c'est vous qui avez téléphoné, non ?

Elle m'a expliqué qu'on avait demandé dans les services, qu'on avait cherché, mais qu'on n'avait pas trouvé. Il avait dû le laisser ou le perdre ailleurs. C'était le plus probable. Mais moi j'en étais sûr : ailleurs ce n'était pas possible.

— Vous avez demandé aux pompes funèbres qui ont pris en charge votre papa ?

Oui, je l'avais fait, et même deux fois, une fois par téléphone et une fois sur place, et cette seconde fois il avait fallu que j'attende que le croque-mort se libère. On m'avait fait patienter dans une petite salle attenante à la cérémonie. J'avais tout entendu de ces discours qui ne me concernaient pas et j'avais ressenti une émotion inconnue et douce, mélange d'empathie atténuée certes, mais sincère, et du soulagement d'être préservé par la cloison, de ne pas être englué dans ce deuil-là.

— Écoutez, ce que vous pouvez faire, c'est aller voir. Montez, je vais téléphoner à la nurse, elle vous ouvrira.

— Il n'y a pas déjà quelqu'un ?

— Quelqu'un ?

— Dans la chambre de mon père, de monsieur Granget ?

Elles ont consulté un registre, comme si ma question avait fait naître un doute qui n'avait pas lieu d'être.

— Dans la chambre de monsieur Granget ? Non. Regardez, c'est écrit là : pour l'instant, il n'y a personne.

Je me suis avancé vers l'escalier qui desservait les trois étages. Prisci et Amélie ont emboîté mon pas. Nathalie connaissait déjà les lieux. Seule, peut-être aurait-elle pris l'ascenseur mais ce jour-là elle a fermé la marche sans me demander pourquoi je préférais qu'on emprunte l'escalier, sans essayer de faire prendre à sa famille le moindre raccourci.

En procession, nous avons atteint le premier palier, passé le distributeur à café qui servait aussi des soupes et des chocolats chauds qui, contrairement à ce qu'on pourrait penser, n'étaient pas du tout infects. Après avoir gravi la deuxième série de marches, j'ai reconnu la plante verte (une fausse) et, à côté, le défibrillateur, puis nous avons bifurqué vers le long couloir au sol en matière plastique qui me rappelait l'école ; c'est peut-être pour cela que je le trouvais triste.

Quelqu'un a dit "Ça pue un peu", mais en chuchotant, pour ne pas froisser les gens que nous avons croisés et que les filles observaient avec la plus grande attention, comme le font les enfants, sans en perdre une miette, du coin de l'œil, l'air de rien.

Enfin on a attendu devant une porte close. Est-ce que Nathalie s'est sentie mal à l'aise ou était-ce à cause de moi, pour que je ne me retrouve pas seul avec mes pensées noires, ici, devant cette porte, qu'elle a rompu le silence en me demandant si on disait nurse maintenant, à la place d'aide-soignante. J'ai haussé les épaules. Je l'ignorais. Je n'avais pas le cœur à parler.

Combien de fois avais-je frappé à cette porte ? Trois fois, six, ou cent dans mon imagination ? Jamais il ne m'avait répondu, m'obligeant à ouvrir lentement, espérant que je ne le dérangerais pas, que je ne le découvrirais pas mort, figé dans une posture grotesque que je mettrais toute ma vie à effacer de mon cerveau. Puis, dès qu'il m'apercevait dans sa chambre, il s'étonnait de ma présence. Il avait pourtant été prévenu ; mais c'était un reproche trop facile à formuler.

La silhouette d'une nurse s'est dessinée au bout du couloir, le téléphone à l'oreille.

— Oui, c'est Nathalie… Tu sais si quelqu'un a trouvé un trousseau de clés en faisant la 207 ?

Les filles ont tressailli en découvrant que leur mère et cette femme qui s'avançait vers nous en faisant couiner ses sandales en plastique sur le lino portaient le même prénom. J'ignore quel début de cauchemar elles ont imaginé pendant ces quelques secondes où ses traits étaient encore masqués par le contrejour, mais elles m'ont semblé soulagées de constater que Nathalie ne ressemblait pas du tout à Nathalie.

L'infirmière a fait entrer la lumière dans le couloir en ouvrant la porte de la 207, et cette lumière nous a éblouis. Le voile à la fenêtre avait été coincé dans la poignée du radiateur et on pouvait voir dès le seuil les arbres à l'extérieur, les milliards de feuilles vertes qui bruissaient chacune selon sa propre existence et que je n'avais jamais remarquées en rendant visite à mon père. Il y avait plus de vie dans cet espace vidé de tout objet personnel que dans les souvenirs que j'avais de sa chambre. Pourtant tout y était à la même place : le lit médicalisé, la commode fonctionnelle qu'il avait eu l'option de remplacer par un meuble de son choix mais il n'avait pas voulu, la penderie fixée au mur dont les portes avaient été mal refermées. Même le léger courant d'air qu'on percevait en entrant sentait le début de l'été.

Prisci s'est mise à genoux puis, la joue posée contre le lino, elle a balayé du regard le sol de la pièce et a décrété que les clés n'étaient pas par terre. L'infirmière a débloqué les roues du lit pour moi. Ensemble, nous l'avons éloigné de la cloison pour constater à notre tour qu'ici, non plus, il n'y avait rien. J'ai passé ma main sur le revêtement rugueux qui m'a rappelé les parois d'une grotte, cette sorte de crépi irrégulier qu'on utilise pour rendre les murs blancs moins salissants. Pas de taches, de messages secrets, juste des lignes infimes à l'endroit où les meubles avaient arrêté la lumière, autour des cadres aujourd'hui disparus. J'ai essayé de me souvenir de ce qui avait été accroché là, si mon père avait disposé des tableaux ou des posters dans son avant-dernière demeure, mais rien ne m'est revenu en mémoire. Peut-être que ces rectangles d'un blanc plus pâle étaient les traces encore visibles des précédents pensionnaires. Il avait dû lui aussi laisser quelques marques dans ce lieu de passage, mais nous étions incapables de les distinguer et elles se mélangeaient au reste avant même que le prochain occupant ne soit venu brouiller un peu plus les pistes.

Une des Nathalie a ouvert les tiroirs de la commode pendant que l'autre a passé sa main sur l'étagère la plus haute – mais vide – de la penderie. Puis, comme il n'y avait pas d'autre endroit où regarder, nous sommes restés un moment au milieu de la chambre. L'infirmière a repoussé le lit contre le mur et ce meuble m'est soudain apparu pour ce qu'il était : la dernière surface terrestre qui avait porté le corps de mon père vivant.

Nathalie a posé sa main sur mon épaule. Je n'étais pas triste. Mon air absent était seulement dû aux efforts que je produisais pour ne pas imaginer le cadavre devant moi.

— On peut y aller ?

Quelqu'un a demandé ça, d'une petite voix, est-ce que c'était moi ? J'ai vu le couloir défiler dans l'autre sens, entendu le couinement du plastique sur le plastique, des voix, senti l'air chaud contre mon visage quand la porte automatique nous a recrachés sur le parking. De l'air, enfin. J'ai respiré à pleins poumons, comme à la première pluie de la nouvelle saison.

— Et voilà, a conclu Nathalie : encore un vieux qui part avec son mystère…

— Ouais… ouais… ai-je seulement dit, en prenant appui sur le toit de la voiture le temps qu'elle déverrouille les portières.

J'ai observé le bâtiment avec un sentiment de fatalité. Comme visiteur, comme occupant, sans doute était-ce la dernière fois que je venais ici. Si elles n'avaient pas de cœur ou pas d'argent, Prisci et Amélie jetteraient leurs vieux parents dans la maison de retraite de Saingeac. En venant du Jary, les trajets seraient moins longs. Mais en venant d'ailleurs ? Où nous déposeraient-elles ? Y aurait-il des visites ? Se pouvait-il qu'un jour, avec l'âge, elles se mettent à nous détester ? Et qui étaient les vieux, derrière la baie vitrée, qui nous regardaient partir ? Leur avait-il parlé de moi ? Avaient-ils chacun un petit secret ?

Nathalie a fait tinter sa bague contre le pare-brise pour me rappeler qu'on avait encore de la route à faire. J'ai ouvert la portière, me suis assis.

— Papa, c'est loin la grotte ?

— Le gouffre, non, on y est presque.

J'ai tendu lentement la ceinture de sécurité car celle-ci avait tendance à se bloquer. J'ai demandé :

— Est-ce qu'il n'y a que moi qui préférerais qu'on mange avant ?

— Tu ne veux pas aller lui parler ?

— Qui ça, j'ai demandé ?

— La voiture devant, c'est Gros-Chastang, non ?

Je l'avais reconnu dès l'entrée du parking et j'avais essayé de rester discret. Depuis mon siège passager, je n'avais rien dit, rien montré, seules mes pupilles s'étaient attachées à cette chevelure bouclée qu'on devinait à contrejour et qui débordait de l'appuie-tête ; chevelure abondante et hirsute qui se remarquait entre toutes dans les couloirs du collège et qui nous prévenait, élèves et professeurs, que le proviseur, principal, Big Boss n'était pas loin.

— Oui, tu as raison : c'est peut-être lui.

Mon *supérieur hiérarchique* a arrêté sa voiture au bout de la rangée. Je l'ai vu claquer sa portière. Il s'est approché de la cabane aux caddies, en a libéré un et s'est avancé d'un pas tranquille vers les portes automatiques à l'entrée du supermarché.

— Tu ne viens pas ?

Je n'avais pas bougé ni détaché ma ceinture, simplement chargé les filles de me prendre un sandwich à l'œuf, en précisant que n'importe quel sandwich ferait l'affaire.

D'un mot, Nathalie a pressé Amélie et Prisci de sortir. Dès qu'on s'est retrouvés seuls tous les deux, elle m'a demandé pourquoi je ne voulais pas aller lui parler et, sans attendre mes explications, elle a ajouté que ça me ferait du bien. Il serait sûrement content de me voir. Ce serait l'occasion d'évoquer la prochaine rentrée scolaire, de réfléchir à mon retour, mais sans pression.

— Justement. Tout ça. Je ne veux pas.

Et ce moment qui ne devait durer qu'une poignée de secondes s'est prolongé en silence jusqu'à ce qu'Amélie frappe doucement à la vitre. Je lui ai fait un signe pour la rassurer, sa mère a mis la main sur la poignée de la portière mais, juste avant qu'elle ouvre, je me suis senti obligé d'ajouter :

— Si tu le croises et qu'il te demande : dis-lui que je ne vais pas bien du tout.

Nathalie a murmuré "OK..." sans chercher à comprendre, mais j'ai bien senti à son air contrarié, à sa main immobile sur la poignée et ses doigts qui semblaient maintenant hésiter à activer le mécanisme, qu'en quelques mots maladroits je venais de raviver ses plus profondes inquiétudes.

— Ou pas très fort. C'est ça. Dis-lui "Il ne va pas très fort".

Nathalie est sortie retrouver les filles. Elles ont marché ensemble et sans caddie jusqu'aux portes automatiques. À leur tour elles ont disparu de mon champ de vision, et mon regard s'est posé sur ce qu'il y avait là : des promotions dont on ne distinguait que les chiffres, des gens qui allaient et venaient au gré des portes vitrées dont ce flot irrégulier empêchait la fermeture complète. J'ai vu des voitures s'arrêter, repartir, sans même le remarquer et, au milieu de ce scintillement métallique, de ce paysage de places de parking à la fois vides et occupées, j'ai vu apparaître les murs blancs et rugueux de la dernière chambre de mon père, les portes de cette penderie que la petite avait ouverte et dans laquelle j'avais craint, une fraction de seconde, trouver un cadavre.

D'autres murs blancs leur ont succédé, ou plutôt crème, ceux du collège d'où on m'avait demandé de m'absenter pour des raisons qui me dépassaient, qui étaient plus fortes que ma volonté mais d'ici septembre, c'était l'avis de tous, tout serait arrangé. Ce petit coup de fatigue serait derrière moi, oublié. Le soleil et les vacances, ce repos forcé de quelques semaines en juin, tout cela aurait immanquablement produit son effet. Car sinon, quoi ?

Comment leur dire que je ne voulais plus y mettre les pieds ? Je m'étais mis à rêver, quelques jours après la mort de mon père, que ce que j'allais découvrir sur ses comptes ou dans ses papiers allait, comme un miracle, m'aider à résoudre tous mes problèmes d'emploi du temps. Viendrait septembre et ce nouveau pécule, réduit malheureusement à peu de chose par le notaire, me permettrait – m'aurait permis – de justifier la reconduction des matins à la maison. Comment annoncer aux gens qu'on a pris goût à la liberté ?

Je les aimais bien mes élèves, mais pas toujours, pas suffisamment. Et parfois j'avais envie de pleurer au milieu de toute cette jeunesse. Il suffisait d'un rien, que mon regard se perde au-dehors, par exemple sur les cimes de ces longs arbres qui ponctuent la plaine, dont l'essence a été choisie pour drainer les zones incultivables et marécageuses pour que je sente le désespoir monter depuis la gorge. Il m'est arrivé quelques fois d'essuyer une larme. Personne, j'en suis convaincu, ne s'est jamais rendu compte de rien. Un bon prof sait cacher le pic de ses émotions. Si Gros-Chastang ne m'avait pas surpris sur le parking du personnel, la vie aurait suivi son cours. J'aurais bientôt été en vacances. J'aurais compté les jours. J'aurais été triste, souvent, et j'aurais gardé tout ça pour moi. Pour que tout change il a suffi que je me retourne, et qu'il soit là, qu'il me voie, et qu'il se mette à parler avant que je n'aie le temps d'ouvrir la bouche. Les réponses, les explications, c'est lui qui les a articulées ; tout en a découlé, je n'ai même pas eu besoin de bafouiller mes excuses. Depuis je me laisse porter. Et pour ça, je dois avouer que je ne regrette rien.

J'ai vu Gros-Chastang émerger des portes automatiques puis, quelques minutes plus tard, les filles suivies de Nathalie. S'étaient-ils croisés dans les rayons du supermarché ? Lui avait-elle menti ?

J'ai espéré qu'ils avaient évité les phrases directes, les mots exacts, à cause des enfants et que, d'hyperbole en hyperbole, mon cas n'avait été que brièvement évoqué. Peut-être était-elle parvenue à lui transmettre mon message. Je ne voulais pas qu'il croie que j'allais bien, ou mieux, que tout cela n'avait plus de raison d'être. Je redoutais le jour où, aux yeux du monde, éclaterait la vérité, l'évidence : je ne suis pas malade. Je vis souvent des matins légers, des moments joyeux.

Je leur ai souri à travers le pare-brise. Prisci a tenu le sac à bout de bras pour me le montrer, pour que je comprenne qu'elles avaient réussi à trouver le sandwich à l'œuf. J'ai levé le pouce et les portières ont claqué, puis les filles se sont jetées sur la nourriture comme des animaux affamés. Nathalie, qui avait prévu qu'on mange en route, n'a même pas essayé de tempérer leur appétit. Elle a libéré l'emballage d'une salade complète industrielle qu'elle m'a proposé de partager, tout comme le sandwich à l'œuf. On dépenserait moins.

J'ai aimé cette idée, et le silence qui a suivi. Pendant plusieurs minutes, on s'est parlé par gestes, la bouche pleine, la fenêtre entrouverte pour laisser entrer un peu d'air mais surtout le chuintement des voitures qui passaient, avec l'heure du déjeuner, un peu moins nombreuses. Bientôt ce serait le temps du café et, avec, la lassitude, l'envie d'économiser nos forces, de suggérer aux filles d'aller jouer dans leur chambre.

Et ce qu'on espérait tous sans oser le formuler, c'est la plus grande qui a fini par le dire, en s'essuyant les lèvres dans son bonnet car on avait oublié les serviettes :

— Le gouffre : est-ce qu'on est vraiment obligés d'y aller ?

J'ai frappé à la porte du Seigneur mais personne n'a répondu. Pourtant, on voyait de la lumière à travers le trou de la serrure. J'ai frappé de nouveau, écouté : rien. J'ai cogné encore, trois coups bien secs qui ont résonné autour de la place et cette fois j'ai entendu du bruit, des pas à l'intérieur qui se rapprochaient et puis la porte s'est ouverte, en grand, et le curé est apparu, des paquets de chips à la main.

— C'est vous ? Vous m'avez fait peur : quand j'ai entendu tambouriner à la porte de l'église, j'ai cru qu'il y avait une urgence.

— Je suis d'abord allé au presbytère mais tout était éteint.

— C'est vrai… a fait le curé avec un air presque désolé. Je devrais peut-être penser à mettre un mot sur la porte, comme dans le film… *je reviens…*

Sans attendre la fin de sa réflexion, je lui ai tendu la perceuse que j'avais apportée, le sac dans lequel j'avais jeté tout un tas d'accessoires, au hasard, parce qu'il avait omis de me dire pourquoi il en avait besoin.

— Ah merci. Merci. Malheureusement je m'apprêtais à sortir. Je peux vous la rendre la semaine prochaine ? Jusqu'à dimanche, je ne sais pas si j'aurai le temps de *faire mon trou.* Si on peut dire. Ah ah !

— Bah : si c'est seulement l'histoire d'un trou, je peux vous le faire maintenant si vous voulez.

— C'est que, maintenant, je comptais aller au conseil municipal pour… Après notre discussion, je me suis dit : c'est important pour un nouveau curé de faire acte de présence.

Il a soulevé les deux paquets de chips.

— Et je n'y vais pas les mains vides !

Il les a regardés à son tour, petits paquets de chips de marques et de saveurs différentes. Et aussitôt :

— Je ne sais pas si c'est une bonne idée... Je devrais plutôt apporter une bouteille de vin, ou du jus de fruits, qu'est-ce que vous en pensez ?

Je ne me souvenais pas de notre conversation ni de lui avoir suggéré quoi que ce soit, et je m'en suis voulu que mes propos aient pu être mal interprétés. J'ai posé la perceuse derrière la porte, qu'il a refermée à clé, et de fil en aiguille je me suis retrouvé à marcher avec lui en direction de la salle municipale. J'ai hésité à envoyer un message à Nathalie pour la prévenir.

— Parce que c'est vrai, a continué le curé : on n'a pas mille occasions de faire une première impression.

J'ai laissé mon téléphone dans ma poche. J'ai pensé qu'elle ne s'inquiéterait pas. Le curé avait raison, l'opinion que Nathalie se faisait de moi ne changerait pas ce soir.

Au micro, madame la maire parlait des taupes, en préambule. La réunion venait juste de débuter. Nous nous sommes assis sur les premiers sièges vides que nous avons trouvés, au début de l'allée centrale qui séparait la salle en deux.

J'ai eu l'impression qu'il était content d'être là. Une impression confirmée par rien d'autre que sa posture aux mains jointes entre les genoux et sa concentration soudaine pour rattraper la présentation au vol. Très vite, mon esprit s'est porté ailleurs, sur cette assemblée silencieuse face à cette simple personne qui, elle, avait le droit de parler, et ça m'a rappelé les messes d'autrefois à onze heures, tous les dimanches de toutes les vacances de toute mon enfance à l'exception de ces semaines de camping à la mer que je peux compter sur les doigts d'une main ; et tous les autres dimanches *réguliers* où j'avais été chassé du Lieu-Beau parce que mon père en avait eu marre, parfois par anticipation, de me trouver dans ses pattes.

Accompagné de mes grands-parents, c'était aussi au hasard des places encore libres qu'on s'asseyait, mais jamais au fond, jamais devant : le plus au milieu possible.

Il y avait dans ce rituel dominical une contrainte et un inconfort qui me sont restés gravés dans le cerveau. Je me souviens de cette tristesse éprouvée juste après le petit-déjeuner quand il nous fallait partir et qui ne se dissipait qu'autour de midi, quand les cloches sonnaient la fin de la messe et qu'enfin pouvait commencer ma journée alors que le week-end attendu depuis tant de jours était au même moment, paradoxalement, en train de prendre fin.

Et je ne pourrais nommer cet autre sentiment qui m'enveloppait seulement à l'église, qui n'était ni la foi ni l'ennui mais empruntait aux deux, sentiment plus jamais éprouvé depuis ce matin où ma grand-mère trébucha contre le pied d'une chaise de jardin pour aller rejoindre mon grand-père, je l'espère, au paradis. Du jour au lendemain, il n'y eut plus aucune raison de m'envoyer les fins de semaine au Jary, où ne se trouvait qu'une maison vide rapidement revendue, et mon père jugea que je pourrais tout aussi bien rester au Lieu-Beau quand l'école fermerait. Plus besoin de me chasser pour avoir la paix. J'étais devenu assez grand pour patienter seul, des journées entières, autour de ma chambre. Et tant pis pour les rituels, l'odeur de l'encens, l'église. Tant pis si c'était là-bas que s'étaient formés mes plus primaux souvenirs et que sa décision, pour toujours, m'en éloignait.

Je lui en ai voulu de m'avoir arraché à ces dimanches à l'église, comme je lui en ai voulu de me les avoir infligés. Je lui en ai voulu pour tout, je crois, à un moment ou un autre de l'existence, l'imposé et l'interdit, au point d'avoir parfois l'impression, seul au tableau devant ma classe, d'être devenu comme lui. Quand ça arrive et c'est de plus en plus fréquent, je m'en veux de diriger mes semblables, d'élever une opinion en exemple, de guider leur attention, d'éduquer. Je préférerais n'avoir aucune influence, sur quiconque. Moins de douleurs.

Moins de dégâts. On ne devrait jamais forcer ses bonnes intentions dans les vies des autres et simplement abandonner ses prétentions derrière soi ; libre aux gens de s'en saisir, comme des cadeaux au pied du sapin.

Quelqu'un m'a bousculé, une sonnerie en sourdine dans le fond de sa poche, et s'est précipité au-dehors pour décrocher son téléphone. On ne parlait plus des taupes. Je n'ai pas bougé, je crois. J'aimais la fin de la messe au Jary, quand l'agitation nous reprenait et qu'on remontait l'allée centrale jusqu'au portail dont les deux battants étaient ouverts une seule fois par semaine, pour l'occasion. Les adultes se saluaient en s'empoignant. Nous, les enfants, les petits, regardions tout ça par en dessous, le corps des géants qui se serraient les mains, les jambes qui piétinaient les pavés irréguliers du parvis de l'église dans une danse dont déjà, immobiles et muets, nous saisissions la signification. Que d'impatience, de hâte de rentrer pour surveiller le rôti aussitôt frustrée, de petites jalousies, de joie simple ou d'envie d'enfin uriner avons-nous observées dans le ballet du corps des adultes alors qu'ils nous croyaient ailleurs, occupés à rêver.

En réalité, quand sonnait midi, je n'étais plus capable de la moindre idée abstraite, du plus petit commencement de pensée lointaine. Trop de rêves pendant la messe. J'arrivais sur le parvis comme si j'étais saoul et myope, ivre de cette éternité à attendre et à devoir retenir nos langues pendant que quelqu'un parlait, quelqu'un qu'il aurait été inconcevable d'interrompre même si, très tôt, dès l'âge de quatre ou cinq ans, j'avais compris que j'assistais, pour l'essentiel et à ma grande déception, à une redite du dimanche précédent.

Tout devenait flou, brillant, vivifiant et la simple perspective de rentrer à la maison au Jary ou, plus tard dans l'après-midi, au Lieu-Beau, me mettait de bonne humeur. Le dimanche après la messe était le seul moment de la semaine où j'envisageais de retrouver la maison, ma chambre muette avec une véritable satisfaction. Rien que pour cela je ne regrette pas les heures passées dans le bâtiment froid à observer les vitraux sans cligner des yeux, à scruter le visage des statues en leur parlant dans ma tête, les suppliant de me dire quelque chose, de verser une larme ou de me sourire pour me permettre de croire et me confirmer que tout cela n'était pas vain. J'ai beaucoup communiqué par télépathie avec des objets de plâtre au cours de l'enfance mais, de ces conversations, il n'est jamais rien ressorti.

J'ignore si d'autres paroissiens avaient plus de succès que moi. Je n'ai jamais eu de discussions à ce sujet en famille, ou avec quiconque. Personne ne m'a confié que nous avions été les témoins de la seule chose importante qui soit ou, au contraire, que tout ce que j'avais vu, enfant, n'était qu'une farce.

Toutes ces cérémonies partagées autrefois sont un souvenir silencieux dont on ne parle pas. On y a assisté ensemble mais on ne détaillera jamais les raisons intimes de nos visites à l'église. On ne dira pas non plus pourquoi on ne va plus à la messe, ou alors seulement pour les grandes occasions. On est incapable de pointer à partir de quand tout cela a cessé d'être important, en tout cas suffisamment secondaire pour qu'on ne se presse plus de sortir de chez soi le dimanche autour de dix heures quand encore sonnent les cloches, un son qui avait un nom mais qui, comme tout le reste, s'est englué dans les strates confuses de la mémoire.

Peut-être est-ce pour cela que le village prend autant de soin à maintenir l'église en bon état. Peu importent les couleurs politiques qui se succèdent à la tête de la municipalité, on n'a jamais vu personne refuser par principe des crédits d'entretien, comme si ce bâtiment épuisé au milieu du village contenait des fantômes précieux, les espoirs des anciens aux temps difficiles, un peu de notre jeunesse aussi, des jours perdus qui nous ont vus vivants et qui font que nous nous sentons un peu les gardiens d'un monde qui n'est plus. Des légions de souvenirs que personne n'a envie de voir prendre l'eau et, par notre négligence, revenir nous hanter.

— … mais avant de conclure, je vois que le nouveau curé du Jary nous a rejoints : peut-être voulez-vous dire deux mots ?

Une heure était passée sans que je m'en sois aperçu. Et cette réalisation soudaine que mon esprit avait divagué pendant toute la durée du conseil municipal, étranger aux discussions, m'a laissé une impression de vertige.

J'ai senti le curé à côté de moi se mettre debout. Je l'ai entendu prononcer quelques phrases sans intérêt à l'issue desquelles madame la maire a repris le micro pour lui souhaiter *officiellement* la bienvenue. Ce mot, *officiellement*, a fait réagir dans la salle. Une main s'est levée, les têtes se sont tournées, et quelqu'un qui a préféré rester assis s'est étonné qu'on puisse souhaiter *officiellement* la bienvenue à un curé, au nom de la séparation de l'Église et de l'État. L'adjoint au maire a fait remarquer que le bulletin municipal souhaitait toujours la bienvenue aux nouveaux commerçants, quand il y en avait, ou aux nouveau-nés. Mais, pour un autre qui a demandé la parole, l'argument restait valable : les commerçants n'étaient pas des Églises, et les nouveau-nés, aux dernières nouvelles, non plus. D'autres voix se sont fait entendre. Certaines personnes, pensant que la réunion était terminée, avaient commencé à quitter la salle et se demandaient maintenant si elles devaient retourner s'asseoir. Coupant court au chaos, madame la maire a repris le micro pour préciser qu'elle souhaitait donc bienvenue *à titre personnel* et qu'en raison de ces arguments, parfaitement justifiés, ces dernières minutes ne figureraient pas dans le procès-verbal, “que Pierre arrêtera donc *avant* la petite allocution de monsieur le curé”. Pierre a hoché la tête, confirmant qu'il en serait ainsi.

Le curé est resté debout pendant tout l'échange, écoutant les considérations des uns et des autres et observant les gens qui s'exprimaient à son sujet, prêt à intervenir si on lui demandait son avis, ce qui n'est pas arrivé. Quand la séance a été levée, quelques personnes l'ont salué en sortant. Quelques mots ont été échangés. C'est pas contre vous, hein, a dit un homme que je ne reconnaissais pas, mais si on commence à faire des exceptions pour vous, alors après… hein ! Le curé, qui se tenait au bord de l'allée centrale et ne voulait visiblement plus faire de vagues, a acquiescé poliment. J'ignore ce qu'il pensait de la situation. Peut-être s'était-il imaginé en arrivant au Jary que ce qui était vrai partout ailleurs l'était un petit peu moins ici.

Il a repris ses affaires et m'a adressé un sourire complice, quoique gêné.

— Bon bah, je ne suis pas sûr que c'était une si bonne idée de venir ici.

— Au Jary ?

Il a eu l'air déstabilisé par ma question, comme si, sans le faire exprès, j'avais touché un point sensible. Mais il s'est repris :

— Non, avec ma bouteille de vin au conseil municipal. Je ne suis pas sûr que c'était une bonne idée.

Après cela, je n'ai plus revu le curé pendant près d'une semaine. J'ai retrouvé ma perceuse dans un sac plié sur le perron de notre maison. Il n'est pas venu frapper à ma porte ni moi à la sienne et nos chemins ne se sont pas croisés jusqu'à ce début d'après-midi. On était peut-être le 29. Ou le 30. En tout cas, c'était un jeudi. J'avais passé la matinée chez l'oncle et la tante de Nathalie. Ils étaient enfin parvenus à trouver un plombier disponible pour venir jeter un coup d'œil au tuyau qui fuyait au-dessus de l'escalier de leur cave mais Maurice, la veille du rendez-vous, s'était réveillé de sa sieste avec une douleur au niveau du sternum et, malgré une première consultation rassurante, on avait jugé qu'il serait mieux de soumettre son cas à des examens plus poussés à Bordeaux ou à Toulouse.

— Je t'avoue que je n'ai pas trop le cœur à te parler de la fuite, m'avait confié Maurice juste avant de monter dans la voiture que conduirait Paule – ils avaient choisi Bordeaux. Mais quand le plombier sera là, avait-il poursuivi d'une voix que je n'oublierai jamais tant j'ai eu l'impression qu'il me dictait ses dernières volontés : dis-lui de passer sa main en bas du mur : on ne voit pas l'humidité accumulée, mais on la sent.

Je suis resté chez eux toute la journée jusqu'à cinq heures et j'y suis retourné le lendemain parce que le plombier n'avait *malheureusement pas pu venir* et que l'hôpital avait gardé Maurice en observation. Et j'ai eu faim. En leur absence, je n'ai pas voulu me servir dans les placards de l'oncle et de la tante. L'épicerie (bar – presse – dépôt de pain) était à vingt mètres.

Si je me dépêchais, la course ne prendrait qu'une ou deux minutes, à peine, et j'ai décidé que cela n'aurait pas de conséquence. Le temps que le plombier injoignable s'arrête, qu'il sonne, qu'il ne trouve personne, je serais de retour avant qu'il n'ait eu le temps de remonter dans sa camionnette. Pas tout à fait sûr de moi, je suis donc sorti en vitesse pour m'acheter un morceau.

Pendant que je traversais la place en trottinant, j'ai remarqué la voiture du curé stationnée contre le mur de l'église. Il était au volant. J'ai croisé son regard dans le rétroviseur. Il m'observait d'un air triste. En m'avançant jusqu'à sa portière, j'ai aperçu de grands sacs bleus sur la banquette arrière. Pour plaisanter, je lui ai demandé s'il déménageait. Il m'a expliqué qu'il était en train de ranger la sacristie et, comme s'il avait voulu me prouver sa bonne foi, il s'est retourné, a fouillé dans un sac et en a sorti un vieux jeu de pétanque.

— Ça devait appartenir à mon prédécesseur.

— Ou au prédécesseur de votre prédécesseur : notre dernier curé, ce n'était pas le genre à jouer aux boules. Lui il courait surtout après les ballons.

— J'ignorais.

— Je veux dire... les ballons de blanc... les ballons de rouge...

— Ah... Oui. C'est ce qu'on raconte, a concédé le curé à contrecœur.

— C'est la vérité. D'ailleurs, c'est pour ça qu'il est parti, non ?

— Je ne sais pas. On m'a dit qu'il était *fatigué*.

— Oui, au fond on s'en fout de savoir pourquoi il est parti.

— C'était quand même votre curé...

— Le curé *du village*.

— Vous habitez au village.

— OK. C'était mon curé. Vous êtes mon curé. Et je suis désolé...

Désolé de quoi ? Je n'ai pas voulu finir ma phrase. Désolé de ne pas être très croyant en ce moment, d'avoir de moins en moins de force, de me réveiller souvent triste et défait, de n'avoir pas su lui éviter la débâcle du conseil municipal, la liste n'aurait fait que s'allonger et je n'ai rien dit.

— Ce n'est pas grave, a-t-il répété en baissant la voix : ce n'est pas grave.

— Au moins, je suis sûr que la controverse vous a aidé. Je parie que vous avez eu plus de monde à la messe dimanche.

— Non, même pas.

— Moins de monde ?

— Pareil.

Son ton était résigné. Il en allait de la pratique religieuse comme des changements de marées. Négocier avec la lune, on ne pouvait pas.

Je lui ai dit que j'avais entendu que la télé allait peut-être venir au Jary pour filmer la messe. Même si rien n'avait été confirmé, j'ai pensé que le sujet lui remonterait le moral : la dernière fois que la radio était venue, pour un jeu en direct, la moitié de la commune avait fait le déplacement.

Il a été étonné que je sois au courant. J'ai dû lui rappeler que, dans un village, au Jary en particulier, les nouvelles allaient souvent plus vite que les rumeurs ; et cela l'a fait sourire.

— Et c'est pour ça que certains préfèrent vivre en ville, j'ai ajouté. Ici, tout finit toujours par se savoir. On peut difficilement se cacher.

Je n'ai discerné aucun signe de nervosité sur son visage mais peut-être que si j'avais fait plus attention c'est tout son être que j'aurais senti vaciller sous le poids de l'inquiétude.

Alors, seulement, je me suis rappelé que j'étais pressé. Je lui ai tendu la main à travers la portière. J'ai eu l'impression que cela lui faisait plaisir et il l'a serrée en retour avec ferveur. Arrivé au coin de l'ancienne boulangerie, j'ai remarqué qu'il me suivait encore du regard. J'ai levé le bras pour le saluer et il m'a répondu d'un petit geste qui m'a semblé maladroit. Je me souviens avoir trouvé que les choses n'allaient peut-être pas si mal. Pour lui comme pour moi. Je me souviens avoir pensé, et je mesure ma naïveté, que c'était juste un moment de flottement général qui finirait par passer tout seul, que nous étions sur la bonne voie.

Juillet

Évidemment que je me souviens de juillet. Quelle question !

Les épisodes de grande chaleur.

La grêle à la fin du mois.

Les filles toute la journée à la maison après la fermeture de l'école pour les vacances. Jusqu'aux plus petits détails : la benjamine avait pleuré en revenant le dernier jour pour une raison qu'elle n'était pas parvenue à expliquer. En nous penchant sur la question, nous avons découvert dans son petit être la peur diffuse d'un bouleversement définitif. Qu'à la rentrée des copains s'éloignent, changent ou ne reviennent pas. Une peur que j'ai reconnue, quelquefois éprouvée pendant mon enfance, cette réalisation soudaine que demain sera peut-être moins bien et j'ai essayé de consoler Prisci, à défaut de pouvoir la rassurer.

Juillet… Je me souviens d'une discussion avec Nathalie en route pour le supermarché sur l'apparente absurdité d'avoir un grand terrain et de devoir pourtant prendre la voiture pour acheter, même en vrac, même bios, des concombres ; et sur cette fatigue de tout, partout, avant même d'entreprendre car, à peine ébauchée, le temps d'un clignotant avant un rond-point, l'idée de transformer le jardin en potager avait déjà été abandonnée. On continuerait à remplacer les groseilliers, et les oiseaux nous les boufferaient, ou les lapins. Je n'ai jamais pu dire ce qui nous les rend chétifs comme ça. Il y a des gens qui ont les pouces verts. Ce n'est pas mon cas. Il y a des terres fertiles et d'autres qui le sont moins.

Autour de la fête nationale, des locataires de Paule et Maurice ont cassé beaucoup de vaisselle – on ne sait pas pourquoi, ils sont partis en essayant de cacher les dégâts – et j'ai dû remplacer le service avant l'arrivée des suivants. Je me rappelle très bien notre étonnement à tous, Nathalie, son oncle, sa tante et moi, scrutant le ticket de caisse à la recherche d'une erreur, à devoir constater que le magasin devant lequel nous étions passés des centaines de fois et dans lequel on avait été contraint de tout acheter en raison des circonstances n'était pas si cher que ça, voire *vraiment pas cher du tout*. Il avait fallu une urgence pour y pénétrer et constater, avec des années de retard, qu'il ne s'agissait pas d'un simple décor sur la route de la déchetterie.

Du 15 à la fin du mois, j'ai des souvenirs du même type. Des coups de main au curé, des tours avec lui dans des grandes surfaces parce qu'il ne connaissait rien à la région et qu'à part nourrir les filles, les laisser libres, je n'avais pas grand-chose à faire. L'homme d'église devait côtoyer d'autres gens au Jary dans le cadre de son *travail* mais il ne m'en parlait pas et j'ai respecté son silence, comme je l'aurais fait avec un contrôleur des impôts ou un médecin drapé dans le secret professionnel. J'étais content qu'on fasse appel à moi. On n'avait pas beaucoup de points communs, et ça fait bizarre de dire ça comme ça, mais plusieurs fois je me suis dit qu'on se ressemblait, finalement, lui et moi. Ce qu'il pensait vraiment, je l'ignore, surtout avec le cours pris par les choses, tout se mélange un peu dans ma tête maintenant mais souvent c'est lui qui venait me voir et ça ne serait pas exagéré d'en déduire que, oui : il semblait apprécier ma compagnie.

Une fois nous sommes allés ensemble jusqu'à la maison de mon père, toujours fermée mais plus pour très longtemps puisque j'avais pris la décision de faire intervenir un serrurier au début du mois d'août. Je voulais laisser au destin une dernière chance de faire émerger les clés ou, à défaut des clés, une explication.

Et je me rappelle distinctement la posture du religieux pendant que je lui racontais ma recherche infructueuse, sa tête légèrement baissée, son regard tourné vers le jardin dans une attitude d'écoute silencieuse qui paraissait sincère. Je m'en souviens parce qu'une herbe folle, poussée par le vent alors que je le regardais de profil, donnait l'impression de vouloir entrer dans ses narines. C'est sur ce détail que s'était fixée mon attention pendant que je confessais mes aventures et c'est cette image que je garde en mémoire et qui me revient d'abord si je repense à cette journée. Lui n'a pas remarqué le brin d'herbe et n'en a jamais rien su.

Je m'étais mis en tête d'attendre encore – quelques semaines – une lettre de mon père que quelqu'un m'enverrait selon ses instructions. Une infirmière ou un de ses collègues (mais qui cela pouvait-il être ?) qui se rappellerait soudain qu'on leur avait confié un trousseau de clés et des papiers, peut-être, un trousseau qu'il fallait faire suivre aux descendants maintenant que son corps de vieil homme froid avait épuisé toute vie.

Son corps, j'essayais de ne pas y penser, mais c'était impossible de ne pas faire le rapprochement entre ce dont j'avais été témoin au cimetière et cet être que j'avais connu de chair, d'os et, maintenant, plus rien. Comment dire ?... Plus rien ou ce peu deviné dans une boîte et mis sous la terre, il n'y a pas de doute, j'étais là, et vous vous surprenez dans les semaines qui suivent à y repenser mais ce n'est pas juste une pensée, c'est une inquiétude : comme un enfant vous espérez que, là où il est, il ne souffre pas. Et ce *là où il est* ce n'est pas le paradis des âmes, c'est ce trou dans le sol où son reste est entreposé et ça vous tord le ventre l'hypothèse que même sans la vie il y a peut-être une douleur. Vous ne l'aimiez pas trop mais quand ces moments d'angoisse fugace vous serrent les tripes, vous espérez – vraiment – qu'il a arrêté de vivre et qu'il ne souffre plus.

S'il faut dresser la liste de tout ce que j'ai fait pendant ce mois de juillet, je dois préciser, car c'est un élément déterminant, que j'ai pris goût à éviter les gens. Par exemple, j'ai développé l'habitude d'éviter le supermarché aux heures d'affluence. Encore aujourd'hui, j'ai tendance à fuir les lieux où je risque de croiser des parents d'élèves ou, pire, des collègues. J'ai la hantise qu'on me reconnaisse ailleurs qu'au Jary. Je ne veux pas qu'on me demande si ça va, je ne veux pas mentir, je ne veux pas surprendre le geste par la portière, ce doigt pointé vers moi et ces lèvres sur lesquelles je peux deviner "Mais si, je te dis, c'est le prof d'histoire géo, celui qui a pété un plomb un mois avant les vacances".

Je dois dire qu'on me remarque peu, même depuis le fâcheux malentendu du mois de mai. C'est sûr que ça aurait été une autre histoire, un prof de maths en arrêt maladie. Des parents seraient allés se plaindre et il y aurait eu d'autres répercussions. Peu importe qu'il ne s'agisse que d'une poignée de semaines de perdues pour arriver à l'été. L'avenir des enfants est fait de chiffres, pas de lettres, et ces chiffres servent à écrire des cosinus et des fractions, pas des dates d'invasion ou des numéros de République. Pour le cours d'histoire géo malheureusement supprimé, il n'y a donc pas eu de vagues. Si près des vacances, on a jugé qu'une liste de lectures suffirait. Je n'ai pas été remplacé.

Je n'ai pas été remplacé : voilà ce que j'aurais dû dire à la serveuse du restaurant de Teilhet où je suis retourné seul un week-end de juillet où Nathalie avait dû partir pour le travail à Bordeaux, et où elle avait arrangé que les filles dorment chez leurs grands-parents pour que je ne me retrouve pas isolé à devoir les gérer (gérer était son mot, pas le mien).

Hésitant à prendre ma commande, la serveuse m'a demandé si elle devait encore attendre, si madame n'était pas là. Non, j'ai répondu, madame ne vient pas, *Madame est partie*.

La serveuse a noté les plats, a tourné les talons et aussitôt j'ai regretté de ne pas avoir précisé que c'était pour le boulot que Nathalie était partie. Que les enfants étaient gardés chez la belle-mère. Que notre couple était encore solide ce soir-là, pas de problème. Que si j'étais là, tout seul, c'était parce qu'il fallait bien vivre et nourrir ce corps.

La serveuse est revenue plus tard avec la salade au chèvre et la bouteille d'eau gazeuse. Elle m'a souhaité bon appétit en regardant ailleurs. J'étais contrarié, mais surtout : alors que, je le savais, elle était persuadée que je venais de me faire plaquer, elle n'avait l'air ni surprise ni désolée pour moi. Je n'ai senti aucune émotion ni compassion, comme si au fond c'était logique que Nathalie m'ait quitté.

Cela m'a rendu triste et j'ai continué le repas en ruminant un lourd sentiment d'abandon. J'ai eu envie de fuir, de trouver refuge dans la voiture, de rouler un peu dans la nuit au hasard avant de retourner au Jary, mais je ne l'ai pas fait. J'ai mangé comme il se doit. Je n'ai pas pris de dessert. Je ne crois pas avoir laissé de pourboire.

Et pour le reste, non : je n'ai rien vu, rien compris. La vie est ce truc qui ne dort jamais et sur le dos duquel j'ai les yeux parfois ouverts, parfois fermés et où chaque jour ressemble un peu au précédent. Il ne faut pas me demander si j'ai réalisé quelque chose, si la vérité m'a sauté aux yeux parce que la seule vérité c'est que je m'accroche au cou de la bête pour ne pas tomber, c'est tout. Si je pense à ce mois de juillet où je n'ai rien soupçonné, c'est en réalité une image sans intérêt qui me revient très précisément en mémoire. Peut-être qu'en la décrivant pour la disséquer ensuite on pourrait l'analyser comme on le fait avec un rêve afin d'y trouver un sens caché. Mais j'ai peur de ne pas savoir faire et que tous mes efforts, sincères, ne débouchent sur rien. Après tout, pourquoi certain détail qui nous a marqué ne pourrait-il pas être, véritablement, insignifiant ?

Anodin.

Alors voilà : j'étais assis contre l'église, en haut du petit escalier extérieur qui dessert la galerie de bois aujourd'hui condamnée, les pieds posés sur la marche suivante, ce qui faisait que j'avais les genoux contre moi, que j'y avais appuyé mon menton dans une position qui me rappelait l'enfance et j'avais aimé cela.

La journée s'annonçait écrasante. J'avais choisi la dernière marche de l'escalier en pierre pour l'attendre parce qu'elle était à l'ombre. Et peut-être étais-je en train de sourire en pensant "Quelle bande d'amateurs nous sommes pour avoir décidé d'aller pêcher à l'heure la plus chaude de l'été !".

Je l'entends d'abord. Le bruit de la serrure et d'une clé en son cœur qui force contre la rouille. Je tourne la tête et j'aperçois le loquet qui bouge, la clenche qui se redresse et redescend sans que la porte s'ouvre. Je suis sur le point de me lever pour tirer sur la poignée au moment où le montant finit par céder. Le bois racle sur la pierre. Dans l'ouverture apparaît une fine tige de bambou, puis une autre, comme deux animaux curieux dont la silhouette grossit à mesure qu'ils avancent. Puis je le devine qui pousse avec force contre la porte pour permettre à son corps de se faufiler. En tirant sur la poignée de mon côté, nous parvenons par à-coups à déplacer le battant et à lui dégager un passage. En rentrant son ventre, en écartant les bras, il réussit enfin à s'extirper de l'accès resté fermé depuis des lustres. Il me regarde alors, triomphant, brandissant les deux cannes comme des trophées remontés à la lumière depuis la cave du presbytère. Il me montre aussi avec fierté l'antique besace qu'il porte en bandoulière. Je l'observe et je lui fais remarquer qu'avec le temps qu'on a eu, je ne suis pas sûr qu'on trouve beaucoup de champignons.

Le visage du curé prend un air désolé. Il se penche vers le panier en osier qu'il considère maintenant avec déception.

— Ah zut. Comme un idiot j'avais pensé que c'était pour le gibier. *Je suis vraiment le dernier des cons…*

Août

2 août. Cette fois je me souviens de la date avec précision. Impossible de faire autrement. J'attendais l'arrivée du facteur. J'avais promis à Amélie que je guetterais le courrier. Debout derrière la fenêtre, je tenais parole en transférant mon poids d'une hanche à l'autre pour échapper à l'engourdissement.

J'aimais cette odeur de café qui m'entourait désormais jusqu'au milieu de la matinée, et j'avais pris l'habitude de perdre du temps en soufflant dans la tasse juste pour arracher les derniers arômes à la boisson devenue froide.

Peu de gens empruntent le bout de chemin qui passe devant chez nous. Les touristes qui se trompent dans leur demi-tour. Le voisin qui gare sa voiture contre nos hortensias et qui, ainsi, nous donne sans le savoir de ses nouvelles. Selon les jours je le vois boiter, grimacer, souffler en refermant la portière. Lui ne me remarque jamais. Peut-être pense-t-il que notre maison est vide aux heures où il quitte la sienne ou lorsqu'il revient après être allé je ne sais où. S'il avait levé la tête pendant cet été, il m'aurait sans doute aperçu derrière la fenêtre après le départ de Nathalie pour le travail, des filles pour leurs aventures de vacances, et nous aurions pu nous saluer. Mais je n'ai jamais toqué au carreau de la cuisine. Je n'ai pas voulu le surprendre. Je n'ai pas voulu être la cause du prochain infarctus de notre unique voisin.

On s'habitue à ne rien faire. Les moralisateurs ont raison. Au début de la maladie, je m'étais imaginé que j'allais accomplir quelque chose avec tout ce temps. Mais non. Assez vite, j'ai trouvé mon rythme, mon pli confortable. Pour toute activité : bouger le moins possible, en restant debout, de préférence le corps tourné vers une fenêtre mais sans chercher à fixer les choses du regard, laisser les yeux dans le vide, sans interlocuteur.

Parfois je trichais et, quand on sait où regarder, on peut apercevoir la camionnette de la poste au moment où elle s'engage sur le chemin une fois terminée sa tournée au village. Elle disparaît aussitôt derrière l'enfilade de granges – une poignée de bâtiments qui autrefois abritaient des bovins et, dans les combles, le tabac qui séchait – avant de réapparaître juste devant chez nous. Quand je n'avais rien d'autre à faire, quand il ne pleuvait pas ou quand, comme ce jour-là, j'attendais quelque chose, je profitais de cette trentaine de secondes pour devancer l'apparition, cette interaction humaine brève et sincère que j'apprécie en secret. On se salue, on échange quelques mots, des lettres et des paquets en transit qui impliquent que nous avons tous les deux une vie remplie en dehors de cet instant laconique. Pas de jugement, pas d'espoir particulier. Ma frustration, dans cette relation née à la fin du printemps, se limitait parfois à devoir attendre un jour de plus.

Pourquoi, ce matin-là, étais-je encore fatigué et de mauvaise humeur ? Je ne me souviens plus des raisons, et s'il y en avait. Ce que je sais, c'est que j'étais pieds nus sur l'herbe rase. Je suis le seul à marcher parfois pieds nus au Jary. Personne ne s'en étonne ou ne me fait de réflexion, sauf les anciens qui ont en mémoire le souvenir des clous et des tessons échappés au fil des ans. J'aime cela aussi, même si, dans l'impasse, on sent davantage les cailloux que la végétation, de tout petits cailloux ronds élimés par les années, comme moi, semblables à ceux qui font le gravier dans le lit asséché du Bussard. Qu'il fasse humide ou sec, ils se collent à la plante des pieds et retombent à chaque pas.

Je me suis arrêté en retrait de la boîte aux lettres pour laisser de la place à la manœuvre, pour qu'il ne me roule pas sur le pied comme c'était arrivé une fois. Par chez nous, sans être *exactement* une impasse, c'est un peu un cul-de-sac : le chemin continue mais personne ne vit au-delà de la maison ; le facteur doit faire demi-tour après avoir donné notre courrier.

Amélie était convaincue que le colis qu'elle avait commandé ne rentrerait pas dans la boîte et que le facteur le garderait si je n'étais pas présent pour le réceptionner.

La voiture jaune a mordu sur l'herbe pour préparer son demi-tour et s'est immobilisée à ma hauteur. Par la fenêtre immuablement ouverte, le facteur, comme elle l'avait espéré, m'a donné un paquet.

— Amélie, c'est laquelle déjà ?

— C'est la plus grande.

— Elle se cache ? a-t-il demandé en se retournant vers les piles de colis qui attendaient encore derrière son siège.

— Elle est chez la grand-mère. Je suis tout seul aujourd'hui.

— Ça tombe bien : j'ai ça aussi… Pour vous.

Il m'a tendu une enveloppe à bulles qui a produit un bruit métallique inattendu en rencontrant mes mains.

— Z'êtes riche, dites donc ! Vous allez enfin pouvoir vous payer des chaussures.

J'ai souri. Je peux imaginer que dans une autre vie il aurait aimé être patron de resto, ou faire du stand-up, avoir un micro, mais quelque chose, quelqu'un, en a décidé autrement.

— C'est de l'argent, vous croyez ? j'ai dit en agitant le petit paquet.

J'ai lu mon nom imprimé sur une étiquette. J'ai cherché l'expéditeur. J'ai retourné le colis et je n'ai rien vu. J'ai remarqué que l'enveloppe neuve était deux fois plus grande et qu'elle avait été repliée puis collée avec du scotch transparent.

— Attention le pied gauche !

— Ah, ah, ah ! J'ai déjà donné ! ai-je dit en levant la main pour le saluer.

La voiture a fait demi-tour en utilisant toute la largeur du chemin. Comme hier. Comme demain. Là où les sabots des vaches façonnaient le bord du fossé, on retrouverait un jour la trace de ces manœuvres millimétrées, à une époque où le courrier serait déjà livré par les airs depuis longtemps, dans un futur où il s'agirait, peut-être, de l'unique trace de nous.

Je suis rentré. J'ai posé le paquet sur le meuble, sans l'ouvrir, conformément aux instructions de ma fille aînée, sans chercher à voir l'objet qu'on avait consenti à commander parce qu'il était bien moins cher qu'au supermarché et qu'elle en avait envie, ou besoin car une envie seule n'aurait pas suffi à nous convaincre. J'avais oublié de quoi il s'agissait.

Il ne m'est plus resté dans les mains que cette enveloppe sans expéditeur impossible à déchirer. La surface plastique, recouverte de ruban adhésif transparent, n'offrait aucune aspérité où enfoncer un ouvre-lettre que, de toute façon, nous ne possédions pas. Je me suis résolu à utiliser les ciseaux de cuisine. J'ai découpé un côté, fait glisser le contenu, et là, j'ai ouvert de grands yeux en découvrant l'origine du bruit métallique qui avait étonné le facteur, le trousseau de clés qui venait d'atterrir dans ma main.

Aussitôt, j'ai entendu des coups contre la porte. J'ai tourné la tête et aperçu une silhouette qui venait de se hisser à hauteur de la fenêtre et qui collait sa main en visière pour observer à l'intérieur. L'homme a disparu, on a frappé de nouveau. Je suis allé ouvrir. C'étaient deux gendarmes.

— C'est pour quoi ?

— On peut rentrer ?

Je n'ai pas hésité. J'ai dit non. Je me suis avancé jusqu'au bord des marches et j'ai refermé la porte derrière moi.

— Vous ne voulez pas qu'on rentre ? s'est désolé l'un des deux gendarmes en me cédant la place sur le perron.

— Mais attends… tu n'es pas le petit Cyril, toi ?

Le petit Cyril a marqué un temps d'arrêt. Il ne s'attendait pas à ce qu'un civil le tutoie aujourd'hui et encore moins se souvienne de lui et l'autre, qui était en train de regarder mes pieds nus, a relevé les yeux pour demander :

— Vous vous connaissez ?

— Votre sergent-chef, je l'ai vu gamin courir tout nu pendant les vendanges !

Le petit Cyril m'a dévisagé comme si des bribes de ce souvenir étaient éparpillées autour de mes yeux.

— Où ça, chez Lavaud ?

— Mais oui, tout nu avec la bistouquette à l'air !

— Je me rappelle pas… mais c'est bien possible. Et c'est vrai que votre nom de famille, maintenant que j'y pense, ça me dit quelque chose…

— Ah ! j'ai dit, un peu arrogant, en fixant son collègue muet qui, ne trouvant rien à répondre, s'est étonné qu'il y ait des vignes dans le coin. Un an qu'il était en fonction ici, et il n'en avait jamais vu.

— C'est parce qu'il n'y en a plus !

— Ouais, a précisé le petit Cyril. Ça fait un bail qu'ils les ont arrachées. C'était de la piquette.

— Une piquette mentionnée par César dans *La Guerre des Gaules* ! Merde… C'est triste quand même !

Le petit Cyril a hoché la tête. Un sourire a même semblé apparaître sur ses lèvres, qu'il a effacé aussitôt.

— Quoi ?!

— Pardon de vous demander ça, monsieur Granget, mais… vous avez bu ce matin ?

— Que du café ! C'est quoi cette question ???

Il ne m'a pas répondu.

— Est-ce que je suis libre de partir ?

— Hein ?…

— Est-ce que je suis en garde à vue ?

— Mais, a fait le petit Cyril, bien sûr que non !…

— Alors qu'est-ce que vous foutez ici ?!?

J'ai voulu boire une gorgée de café froid pour me donner une contenance mais il n'y avait plus rien dans la tasse. J'ai réalisé que je tremblais. J'ignore pourquoi je tremblais. Il était trop tard pour le cacher.

— Le nouveau curé… a commencé à dire le petit Cyril.

— Ouais ?…

Ils m'ont scruté en silence comme s'ils avaient attendu que je finisse leur phrase. J'ai l'habitude qu'on me regarde fixement dans les yeux. Les élèves qui ne me connaissent pas avant le début du premier cours. Mes filles quand Nathalie leur annonce "Votre père a une surprise pour vous". Je sais faire face. Rester impassible. À ce petit jeu, je peux tenir longtemps, sans un mot. Mais ce matin-là, c'était au-dessus de mes forces.

— Qu'est-ce qu'il y a avec le nouveau curé ?

— Vous ne savez rien ?

— Non.

— Bah : il a disparu.

— Comment ça, il a disparu ?

— Bah… il n'est plus chez lui, plus de trace. Il a disparu.

— Et d'ailleurs, il n'était pas vraiment curé non plus, s'est empressé d'ajouter l'autre.

— Non. Il n'était pas vraiment curé non plus.

Un flot de pensées a déferlé dans ma tête. Mais quand j'ai voulu formuler quelque chose, rien.

— Je ne savais pas… Pourquoi vous venez m'en parler à moi ?

— On nous a dit que vous étiez souvent ensemble.

— Tu me soupçonnes ?

— Monsieur…

— S'il y a un gendarme qui ne me fait pas peur, c'est toi !

— Monsieur ! Maintenant il va falloir vous calmer avec mon collègue !

J'ai fixé le gendarme. Lui, il n'avait pas couru dans les vignes. Il venait d'ailleurs. Ils viennent tous d'ailleurs. Il n'y a que le petit Cyril qui a grandi ici. Quand on a su qu'un enfant du coin était revenu en uniforme et en képi, chaque fonctionnaire de la commune s'est demandé comment il s'était débrouillé pour obtenir un poste dans le village d'en face. C'est là où ils ont construit le lotissement pour les gendarmes de l'autoroute. Du piston, ou de la chance ; quand il a intégré l'école de gendarmerie, l'autoroute n'était même pas encore finie.

— Bon, a tempéré le petit Cyril, pour le curé… il faut nous raconter.

Je n'ai pas su quoi répondre. J'ai haussé les épaules.

— Vous allez me dire que pendant tout ce mois de juillet que vous avez passé ensemble, vous n'avez rien vu, vous n'avez rien remarqué ?

La bouche fermée. J'ai opiné. J'ai eu peur que mes mots aussi se mettent à trembler. Qu'ils trahissent une culpabilité dont j'ignorais encore tout. Qu'est-ce que je n'avais pas su voir, qui était sous mon nez ?

— Encore une fois, on ne vous accuse de rien, hein.

Le petit Cyril a fouillé dans la poche de son pantalon réglementaire. Comme dans un film, j'ai pensé qu'il allait me sortir sa carte en disant "Si vous retrouvez la mémoire, appelez-nous…". Mais il s'est tourné vers son collègue, lui a demandé s'il avait de quoi écrire, à quoi le collègue a répondu qu'il avait laissé sa veste dans la voiture. Comme on n'avait pas passé le 15 août, il faisait encore chaud.

— Euh… monsieur Granget, vous auriez un stylo ?

J'ignore les raisons de mon intransigeance mais j'avais décidé que ces deux-là n'entreraient pas chez moi ce matin-là. Ce n'était rien contre eux, peut-être seulement la table que je savais encore encombrée du petit-déjeuner. Ou bien était-ce cette mauvaise humeur soudaine, cette envie pressante d'être assis seul après avoir refermé la porte et penser au plus vite à tout ce qu'ils venaient de m'apprendre, le curé qui était encore là hier au soir, que j'avais vu charger un sac dans sa petite voiture blanche, nous nous étions salués d'un geste comme si de rien n'était, il m'avait souri, il m'avait semblé détendu, aurais-je dû remarquer sa main levée plus haut ? Son regard amical, un peu plus fuyant ?

J'ai cherché le crayon que je gardais dans la poche. Ne pas se tromper de poche : dans l'autre se trouvait un canif que j'espérais transmettre un jour aux filles. Tout s'est bien passé. Le petit Cyril m'a remercié et s'est appliqué pour que je puisse relire son écriture. Il m'a rendu le crayon, m'a tendu la carte que j'ai gardée dans la main le temps de réaliser qu'il ne s'agissait pas d'une erreur : c'était bien la carte du Baron, Concerts, Pizza sur place et à emporter. Il s'est excusé. C'était tout ce qu'il avait trouvé sur lui pour écrire. Mais c'était bien son numéro qu'il avait noté au dos. J'ai acquiescé. Ils m'ont salué et sont repartis vers leur voiture qu'ils avaient garée contre l'hortensia. J'ai retourné le bout de carton entre mes doigts. Le pizzaïolo de bande dessinée m'a souri. Sa toque était traversée de chiffres qu'on aurait dits tracés par la main d'un enfant. Le premier était raturé, comme si le petit Cyril avait commencé à écrire le numéro de la gendarmerie avant de se raviser et de se décider à me donner son numéro de téléphone personnel.

Il m'a fallu du temps pour reprendre mes esprits, pour comprendre que ce mur sale que je fixais n'était que le fond de la tasse vide posée devant moi sur la table de la cuisine. Mon regard est remonté sur le bois couvert de miettes et s'est arrêté sur l'enveloppe renforcée de papier adhésif. Je me suis tourné vers la porte pour m'assurer que je l'avais bien refermée en rentrant, que personne n'avait profité de mon trouble pour s'introduire chez nous et m'espionner. J'ai tendu l'oreille et n'ai perçu ni moteur ni voix. J'étais bien seul accoudé à la table de la cuisine, personne pour surprendre ma tête basse, mon souffle que je trouvais trop court et que j'allongeais comme si je cherchais à me calmer ; pourtant j'étais calme. Je ne tremblais plus.

J'ai saisi l'enveloppe et en ai vidé le contenu devant moi. J'ai immédiatement reconnu le profil de la plus grande clé, son crénelage en forme de massif alpin que je faisais jouer sous mon pouce, gamin, en rentrant de l'école. Je l'ai attrapée pour l'examiner. Les angles étaient plus vifs, le métal étincelait. Le trousseau qu'on m'avait envoyé par la poste était flambant neuf. Ce n'était pas celui de mon père. Aujourd'hui, les dents de métal accrochaient à ma peau. Elles semblaient vouloir forcer les portes rouillées de mon enfance.

— Tu as peur ?

— Non, ce n'est pas ça.

Nathalie est restée au volant et je suis descendu, le trousseau dans la main. Aucune des clés ne correspondait au nouveau cadenas. Je me suis retourné et lui ai fait signe de se garer à l'extérieur, sur le talus qui bordait la route. Pour notre voiture, le portail mangé par les repousses de pois chiches était infranchissable.

Mon père pensait que l'avenir, quand l'humanité crèverait de faim, c'était le pois chiche. Et il en avait planté partout. En observant les plants qui ployaient par-dessus la barrière, j'ai remarqué des feuilles qui portaient des traces de peinture et des fruits qui me paraissaient mûrs, mais peut-être ne l'étaient-ils pas. Lui seul savait la variété qu'il avait choisi d'abandonner à la nature, le moment où la légumineuse était à point sous nos climats. Pourtant il ne les récoltait pas. Il laissait les pois se semer tout seuls et travailler pour lui, de saison en saison. Quand surviendrait la crise, il jouirait de cette abondance, de sa ruse, ce qui ne manquerait pas de faire jaillir de nouveaux tourments dans son cerveau inquiet, et je pouvais les entendre, même depuis cette autre vie : comment être sûr que personne n'allait s'approprier ces richesses, surtout la nuit ? Les voisins viendraient-ils se servir dès qu'il aurait le dos tourné ?

Nathalie a escaladé la barrière la première, faisant fi des pois chiches. J'ai ramassé la poignée de gousses qui s'est décrochée à mon passage. Je les ai frottées contre ma paume, libérant les grains arrondis que j'ai goûtés, recrachés et jetés par-dessus mon épaule.

Nos pas dans la castine jusqu'à la porte nous ont rappelé les quelques fois où nous lui avions rendu visite pour lui montrer les filles. Nous nous étions dit qu'il était important qu'elles connaissent leur grand-père et, au-delà de lui, tous leurs ancêtres vivants. Avons-nous bien fait, ou est-ce que c'était une erreur ? Maintenant, je ne sais plus.

Ma main s'est souvenue du geste, de l'ordre pour les serrures. Un dernier coup sec de la clé dont le profil m'évoquait les Alpes permettait de faire jouer le loquet grippé par les couches de vernis. Il n'y avait pas de poignée. Quelqu'un, dans une autre vie, avait pensé que l'enlever aurait un effet dissuasif. Nous sommes entrés.

J'ai essayé d'actionner l'interrupteur mais aucune lumière n'a jailli. Le plafond est resté gris, les murs seulement éclairés par l'entrebâillement où hésitaient nos silhouettes et par la lueur du dehors qui se reflétait contre le plancher.

— Tu crois que l'électricité a été coupée ?

Sans attendre ma réponse, Nathalie a illuminé le panneau du compteur électrique. Je ne sais pas ce qu'elle y a vu. Elle s'est avancée jusqu'à l'intersection des pièces, a allumé le plafonnier de la cuisine et, comme pour me donner une autre preuve de l'état des choses, elle a éclairé puis replongé dans l'obscurité le débarras qui servait de penderie à mon père :

— Ça marche. C'est juste l'ampoule du couloir qui a grillé.

Disant cela, elle a éteint son téléphone et l'a rangé dans la poche arrière de son pantalon sans même le regarder. J'ai pensé aux westerns que j'avais dû voir enfant, aucun film en particulier, aucun visage de cowboy, juste ce geste du bras qui guidait les revolvers dans leurs étuis.

Ensemble, nous avons visité chaque pièce du rez-de-chaussée. Le silence qui, autrefois, avait été mon compagnon, mon ennemi et m'avait fait prendre la fuite n'avait rien de rassurant. Et pourtant, dans nos esprits aux aguets, l'absence de tout bruit rendait moins dangereux ce que nous nous préparions à découvrir ; un dégât des eaux catastrophique, des inconnus, un autre cadavre.

Il y avait un mystère dans ce trousseau arrivé par la poste comme par magie. Sur la route, nous avions eu beau conclure que ce n'étaient que des clés que quelqu'un de bien intentionné avait voulu rendre sans faire de vagues, nous n'avions pu nous empêcher de dresser la liste du sordide qui nous attendait derrière les portes bientôt ouvertes du Lieu-Beau. Et, ce qui n'était qu'une discussion d'enfants jouant à se faire peur avait fini par nous atteindre. *Un peu pour rire et parce qu'on ne sait jamais*, Nathalie avait passé un coup de fil à un collègue pour l'informer qu'elle s'apprêtait à aller voir une maison isolée, restée vide – on l'espérait – depuis plus d'un an ; et moi, j'avais glissé le canif de ma poche arrière à la poche avant.

Pourtant, chaque pièce ressemblait au souvenir qu'on en avait gardé, un peu plus sombre peut-être, un peu plus sale, aussi, à cause de la poussière dans les coins et sur les meubles de la cuisine. Dans la salle de bains, une serviette pendait, pliée, sur la tringle dépourvue de rideau de douche. Un reste de savon d'Alep s'était fendu en deux et finissait de dessécher au bord du lavabo. Nous avons laissé couler l'eau, pour voir si elle coulait encore. Je n'ai pas essayé de boire.

J'ai suivi Nathalie de porte en porte. C'est elle qui les ouvrait, et les refermait derrière nous, si bien que chaque pièce retournait à sa nuit dès qu'on passait à une autre. J'ai pensé qu'à la fin de notre visite l'univers serait exactement le même, ce qui m'a paru absurde. À chaque chambre je craignais, mais j'espérais aussi qu'il y aurait quelque chose à voir, du nouveau. Une explication à ma peine. Une éclaircie. Mais quand nous sommes arrivés à la dernière pièce, elle a dit :

— Tu vois, il n'y a rien.

L'évidence formulée m'a rendu maussade, Nathalie dirait "encore plus maussade que d'habitude", je ne suis pas le meilleur juge de mes humeurs. Ce que je sais, c'est que ce sentiment qui s'est abattu sur moi ne m'a quitté que bien plus tard, sur le chemin du retour.

Dans ma bouche, l'odeur de renfermé était si forte qu'elle se transformait en goût. Je suis allé ouvrir la fenêtre et les volets du petit bureau. L'air tiède venu du dehors a caressé les cadavres de mouches mortes tombés au pied de la vitre, légers comme de la poussière. En les observant, j'ai eu l'impression d'avoir déjà entendu cette expression, *cadavres de mouches mortes*. Était-ce moi qui l'avais prononcée ? Dans quelle vie ? Comment se faisait-il que j'en percevais l'écho alors que chaque élément rattaché à ce souvenir avait été englouti ?

J'ai retrouvé Nathalie debout devant les placards de la cuisine, en train de chercher sur des boîtes les dates de péremption. Un bocal à moitié vide et un paquet de riz entamé avaient déjà été posés sur la table.

— Tant qu'on est là, on devrait trier les placards, elle a dit.

— On n'a pas le temps. J'ai promis à ta tante qu'on va récupérer les filles à trois heures.

— Je vais l'appeler et lui demander de les garder une heure de plus.

— Elle ne peut pas : elle a rendez-vous chez le coiffeur.

Nathalie s'est figée devant le placard ouvert, résignée face à l'empilement de conserves qu'il faudrait identifier. Il y avait aussi le frigo, les deux congélateurs ; pour le moindre objet, pour la moindre chose, on devrait faire un choix.

— C'est pour ça que je n'étais pas pressé de retrouver les clés, j'ai soupiré en lui tournant le dos et en quittant la cuisine.

— Tu es gonflé ! C'est toi qui ne voulais même pas attendre le week-end pour venir !

Je n'ai rien répondu.

Le long couloir n'était pas engageant et pourtant c'est là que mes pas me portaient. J'ai essayé d'allumer mais la lampe du fond, comme celle de l'entrée, ne marchait pas. Ce n'était donc pas seulement une question d'ampoule, le problème était plus profond : c'était une question de circuit. Là-haut, dans le plafond, des fusibles ou des fils ne fonctionnaient plus comme cela avait été conçu à l'origine. Le maître des lieux n'étant plus là pour réparer son œuvre, il faudrait des semaines et peut-être avoir recours à plusieurs artisans pour identifier la source de la panne. Cela valait-il la peine ? Était-ce vraiment dangereux ? La maison paraissait si froide et si terne qu'il était impossible d'imaginer que quoi que ce soit, même un court-circuit, puisse y mettre le feu.

J'ai poussé de nouveau la porte de nos anciennes chambres, la sienne, la mienne, je crois que je voulais seulement qu'un peu d'air différent entre dedans. Il aurait fallu ouvrir les fenêtres, et faire attention aux montants déformés par l'humidité. C'était au-dessus de mes forces. Je suis allé jusqu'au salon et me suis assis sur le canapé qui faisait face à la baie vitrée. Le store en plastique était baissé. Mon reflet sur fond de marron bordeaux y avait l'air presque plus accablé que moi. J'ai tendu le cou pour essayer de distinguer les objets qui donnaient du relief à la table. Des stylos qui devaient écrire encore. Des carnets qu'on pourrait réutiliser ou donner aux filles après avoir déchiré les pages déjà griffonnées. D'autres objets, boîtes et contenants divers… Du regard, j'ai essayé de retrouver l'endroit où il posait la télécommande de ces stores que, de toute ma vie, je n'avais jamais vus baissés. Y avait-il un endroit habituel ? Y avait-il une télécommande ? Je me suis levé, convaincu que j'allais bientôt redécouvrir un interrupteur que je ne me rappelais pas. Une flèche pour le haut, une flèche pour le bas, comment se faisait-il que je n'en avais aucun souvenir ? J'ai soulevé les voilages de part et d'autre de la baie vitrée. J'ai passé mes mains comme un aveugle sur les murs derrière les meubles, mais mes doigts n'ont rencontré que de la poussière et je me suis rassis, en proie à un grand épuisement. Si j'avais été seul dans la maison, j'aurais laissé venir les larmes que je sentais monter en moi. Je ne voulais pas faire de peine à Nathalie avec mes yeux rougis, et devoir trouver la force, encore et encore, de la rassurer. Mais seul, à quoi bon les retenir les larmes, s'épuiser, chercher à tout prix le moyen de relever le rideau qu'il avait tiré sur sa vie, un rideau que, de toute façon, il faudrait bientôt fermer en partant ?

— Regarde ce que j'ai trouvé !

Nathalie est venue s'asseoir sur le canapé à côté de moi, une canette à la main.

— C'est bizarre, non ?

J'ai observé la canette entamée qu'elle me montrait avec mystère. Encore à ma tristesse, je ne la comprenais pas.

— Tu te souviens la scène qu'il nous a faite à l'anniversaire d'Amélie ?… Quand on a essayé de lui faire boire de l'Orangina ?

— Oui. Et alors ?

Nathalie a agité la canette vide devant mon visage, frustrée que je fasse semblant de ne pas comprendre, de ne pas partager son enthousiasme.

— C'est peut-être la femme de ménage.

— Quelle femme de ménage ?

— Ou des squatteurs…

— Qui ont tout fermé à clé ?

C'est vrai que les lits étaient faits, autant que j'avais pu en juger. Il y avait bien une autre chambre à l'étage, dans cet espace mansardé qui était censé être une salle de jeu et que nous avions oublié pendant notre visite. L'escalier s'escamotait dans une trappe aménagée au milieu du plafond de l'entrée. Je n'ai pas eu envie d'aller voir. Je sais qu'il y avait installé un grand écran au mur et que c'est là qu'il cherchait le sommeil chaque nuit depuis des années, depuis qu'il avait lu dans une papillote "On s'habitue à son lit de mort". Pour une raison qui n'appartenait qu'à lui, il avait pris au pied de la lettre ce qui n'était qu'un dicton, un bon mot. Pire, il y avait reconnu une prémonition et je n'avais même pas essayé de lui démontrer que tout cela n'avait aucun sens. Son instinct l'interdisait. Du berceau à la tombe, il n'avait fait que ça, s'opposer à des chimères, avec entêtement. À coups de ceci ou de cela, il était convaincu qu'il fallait, seul contre tous et en toute chose, suivre *ses* intuitions pour déjouer l'inévitable. Aujourd'hui il est mort, il a perdu et c'est le pois chiche qui a gagné.

Combien de décennies supplémentaires avait-il imaginé qu'il lui restait ? S'était-il fixé à lui-même une date de péremption ? Avait-il ressenti, cette nuit d'octobre, qu'elle serait la dernière qu'il passerait dans sa maison ? Son inquiétude, increvable, l'attendait souvent à son réveil devant la télévision encore allumée. Plusieurs fois il avait cru que son cœur le lâchait ; il avait voulu m'appeler mais ne l'avait pas fait, et s'était plaint de ne l'avoir pas fait, ce que je devais entendre comme un reproche. Il m'avait décrit son agonie lorsqu'il avait dû regagner son lit pour y passer les dernières heures de sa nuit, sans savoir si c'était la fin. Le déchirement et l'effort de descendre l'escalier branlant malgré un pouls à cent quarante. Tout ça pour ne pas mourir à l'étage, pour faire mentir la papillote.

— On dirait que ça ne t'intéresse pas, l'histoire de la canette.

— Qu'est-ce que tu veux que je fasse ?

— Je ne sais pas : mener l'enquête. Si c'était mon père…

— Tu serais ma sœur…

— Quoi ?…

— … tu serais ma sœur.

Nathalie a soupiré.

— C'est dommage que tu sois toujours ironique, si passif, désintéressé de tout.

J'ai soupiré à mon tour mais c'était de l'aigreur qui me sortait par les narines. Je me suis levé à moitié pour extraire de ma poche le trousseau de clés que j'ai écrasé juste à côté de la canette déjà posée sur la table.

— Voilà, j'ai dit : c'est mes deux indices ! L'enveloppe : je l'ai déjà jetée. De toute façon, l'adresse était imprimée. Tu n'as qu'à demander à tes copines de relever les empreintes ou de trouver de l'ADN si ça t'intéresse tant que ça, mais moi ça me fatigue ! Je ne sais pas si tu as remarqué mais ça m'épuise les nerfs, toutes ces histoires ! Ou je peux te le faire plus court si tu préfères : je – m'en – fous !!!

J'ai attendu des reproches ou qu'elle lève la voix à son tour, mais il y a eu un silence et Nathalie a posé sa main sur ma cuisse. Doucement, elle a incliné la tête contre mon épaule. Puis, du bout des doigts, elle a effleuré mon visage, suivant la ligne de la mâchoire comme elle aime bien le faire pour sentir la barbe que je n'ai pas, ces poils qui poussent malgré tout, même sur les joues d'un mort jusqu'à ce qu'on l'enterre, on raconte, mais ce n'est pas vrai.

Sur la table à côté de la canette, le trousseau de clés m'a soudain sauté aux yeux. *L'éclat du neuf me disait quelque chose.* J'ai eu beau détourner aussitôt le regard, cet éclat familier était comme un moustique qui refusait de me laisser en paix, qu'il fallait coincer, ou chasser par la fenêtre, pour espérer retrouver le calme. Mais je venais piteusement d'assurer à Nathalie que je m'en foutais et je n'ai pas eu envie de me dédire. J'ai recouvert sa main de ma paume et je n'ai plus bougé. Je distinguais sa respiration et bientôt c'est devenu la mienne. Je nous ai aperçus dans le miroir sombre que faisait la baie vitrée. Un seul corps aux contours flous, immobile sur un canapé. On ne voyait pas bien à cause du double vitrage. Une seule chose y était limpide. On en avait tous les deux assez de moi.

L'échoppe sans vitrine du cordonnier-serrurier était installée dans un coude de la galerie qui menait au supermarché. Un client se tenait devant le comptoir. Je l'ai vu ranger son portefeuille dans la poche de sa veste en refusant le ticket que l'homme au tablier de cuir, de l'autre côté du comptoir, venait d'arracher à la caisse.

J'avais inventé une histoire. En quelques phrases bien senties, je comptais la livrer à l'artisan sans lui laisser le temps de réfléchir ; il n'aurait d'autre choix que de m'avouer tout ce qu'il savait. Il me dirait pour les clés et il me dirait pour le curé, sans même s'en rendre compte. J'étais sûr, depuis la veille, que les deux étaient liés. Et je n'en avais parlé à personne.

Je ne sais plus ce que j'ai raconté à la maison pour expliquer ma virée, seul, au centre commercial. On m'a seulement demandé de rapporter du lait et, par un message reçu en route, du papier pour l'imprimante. J'ai répondu "OK". Quelqu'un, au moins, s'en servait, ou peut-être ne s'agissait-il que de compenser les feuilles que les filles prélevaient par cinq pour dessiner. Par la force de l'habitude, le bac de la machine était devenu leur réserve de papier qu'il convenait de *restocker*, selon l'expression utilisée par Barbirolli, professeur d'économie des secondes et terminales, à propos de tout : café, fournitures, jours de congé.

Mais l'homme n'est pas parti. Alors que je continuais d'avancer dans leur direction, client et artisan sont restés l'un en face de l'autre, sans rien se dire. Encore une vingtaine de pas et j'allais les rejoindre. Ce n'était pas ce que j'avais prévu. J'ai interrompu ma course vers le comptoir, bifurquant vers le panneau des petites annonces pour me donner une contenance. Là, je me suis planté face au mur, décidé à ne plus bouger avant d'avoir entendu le client s'en aller.

Sur ma droite, deux trous dans la paroi trahissaient la présence d'un envers au décor. On aurait pu croire à un dispositif de surveillance sans la présence de cet autocollant de mouton dessiné grandeur nature qui m'invitait à y jeter mes piles usagées, en me tutoyant.

J'ai parcouru les rangées de fiches étalées devant moi. Malgré les bonds technologiques, les changements d'habitudes, les révolutions qu'on pressentait mais qui n'arrivaient jamais tout à fait, les gens continuaient d'épingler des petites annonces sur des tableaux de liège. Matériel pour bébé, pour chambre à coucher, pour faire du sport. Rien que j'aie trouvé beau. Même la photo d'une antique lance d'incendie qui avait l'air intéressante avait été prise à contrejour. J'ai lu. Équipement camion pompier années 40 ou 50. En bon état mais pas vérifié. 2 casques possibles (1 très usagé). Faire offre minimale, à débattre ? Pourquoi le point d'interrogation ? Il n'y avait rien à débattre. Nous avions déjà tellement d'objets. Et une lance d'incendie ? Nathalie n'en voudrait jamais.

J'ai tourné la tête vers la boutique du cordonnier. Le client avait maintenant saisi la bottine en cuir pour la porter à hauteur de son visage. Il vérifiait avec minutie la qualité des points que l'artisan y avait piqués pour lui, à sa demande. Les mains posées sur le comptoir, celui-ci restait impassible. Il avait confiance en son travail, ou en la mauvaise vue de son client ; peut-être qu'ils se connaissaient. J'ai vu le vieil homme promener son doigt sur le tour de la nouvelle semelle puis, sans un mot de plus, replacer la bottine à côté de l'autre dans le sac en papier kraft. Il en a replié l'ouverture, attendu que l'artisan lui retourne son hochement de tête avant de s'éloigner, enfin, dans la galerie du centre commercial.

Le cordonnier, qui n'espérait que son départ pour continuer sa journée de travail, est allé reprendre un tabouret à roulettes qu'il avait poussé sous la caisse. Le temps que j'avance à mon tour, pose le trousseau sur le comptoir, il avait déjà le dos tourné.

De toutes mes histoires, j'avais choisi la plus courte, celle que j'étais certain de pouvoir dire d'une traite, sans bafouiller. Je m'étais convaincu que cela suffirait. D'un simple "oui", il viendrait confirmer mon hypothèse. Et après…

— Je peux vous aider ? m'a-t-il demandé tout en réglant une de ses machines.

La toupie de laine s'est mise à tourner. Comme lui, j'ai eu du mal à détacher mes yeux de ces fibres devenues floues dans lesquelles il a plongé la pointe d'une chaussure de femme.

— Un ami m'a donné ce trousseau de clés tout neuf.

Le cordonnier a retiré la chaussure et tourné la tête une poignée de secondes, juste le temps d'apercevoir le trousseau sur le comptoir et de s'en désintéresser.

— J'aimerais le rembourser mais il refuse de me dire combien ça lui a coûté…

Je n'ai jamais su, je ne sais pas mentir mais tant pis, j'ai ajouté :

— C'est bien vous qui les avez copiées, non ?

De nouveau il a jeté un œil sur les clés, puis sur moi, et son regard s'est arrêté. J'ai senti le moment où mon visage lui a rappelé quelque chose. J'étais venu il y a un peu plus d'une semaine, dix jours exactement, en compagnie d'un autre homme qui lui avait confié une paire de chaussures à réparer. J'étais resté en retrait. Je n'avais pas ouvert la bouche. J'avais laissé le curé se débrouiller avec ce cordonnier que je lui avais recommandé, le premier qui m'était venu en tête pour être passé quelques fois devant son comptoir perdu en rejoignant les toilettes du centre commercial.

— Oui. C'est moi qui les ai copiées, ça.

Voilà. Maintenant je savais. Et je ne savais rien. Maintenant que dix jours étaient passés et qu'on était sans nouvelles de lui au village, qu'est-ce que la disparition du curé du Jary avait à voir avec la réapparition des clés de mon père ?

— Vous voulez vraiment que je vous dise ?...

— Pour ?

— Combien ça lui a coûté ? Là, je suis pas mal occupé.

Je n'ai pas su quoi répondre. L'homme s'est levé, hochant la tête avec fatalité, comme si je ne lui laissais pas le choix, délaissant sa machine qui tournait dans le vide et qui, maintenant, polissait l'air. Il a saisi le carnet à talons ouvert à côté de la caisse. Il l'a feuilleté, s'est arrêté sur une indication raturée que je n'ai pas pu lire à l'envers. L'artisan a pris le temps de la déchiffrer puis est remonté de quelques pages et il s'est mis à faire des allers-retours entre la souche et le bout de papier libéré du carnet pour s'assurer qu'il comprenait bien ce que sa propre main avait noté sur le ticket jaune.

— Ah oui, a-t-il fait, en hochant la tête comme s'il venait de se convaincre lui-même. Pour tout, c'est quarante-huit euros. Et effectivement : c'est déjà payé.

J'ai essayé d'apercevoir si le curé avait laissé un numéro de téléphone. Il n'y en avait pas. Sur la quittance, après le prix, je n'ai vu que des cases vides, des pointillés en noir sur fond jaune.

Pour sauver les apparences, j'ai sorti un bout de papier afin d'y noter le total. J'ai considéré le chiffre un bref instant, quarante-huit euros zéro centime, à mon tour de hocher la tête, et je l'ai rangé dans la poche arrière de mon pantalon.

— Vous voulez les chaussures ? m'a-t-il demandé soudain. Je pense qu'elles sont prêtes.

Sans attendre de signal de ma part, le cordonnier a contrôlé le numéro sur le carnet à souche avant de se diriger vers l'étagère encombrée de sacs en papier. Il en a pris un, déroulé l'ouverture pour en vérifier le contenu et en a extrait une paire de mocassins à boucles qu'il a posés sur le comptoir dans un bruit de claquettes.

— Ça lui évitera des kilomètres.

Comme je n'ai pas compris, le cordonnier a repris les chaussures et les a replacées dans leur enveloppe de kraft qu'il m'a confiée d'autorité.

— Comme ça il n'aura pas besoin de revenir. Vous allez le revoir bientôt, j'imagine.

— Qui ça ?

— Bah : votre ami.

— Ah, oui, le curé ; incessamment.

Le petit Cyril s'était assis en m'attendant. Depuis la fenêtre de la cuisine, j'ai vu qu'il avait pris un mocassin dans sa main et j'ai eu l'impression de revoir le client du cordonnier, avec le même geste du doigt le long de la couture.

Lorsque je suis sorti par la véranda, je l'ai surpris en train de plonger son nez à l'intérieur. Il m'a entendu et n'a pas eu l'air gêné le moins du monde. Il s'est retourné vers moi, m'a souri et, quand j'ai posé le plateau sur la table de jardin près de lui, il m'a dit avec assurance :

— Je pense même pas qu'elles étaient à lui.

Comme j'avais l'air étonné, il m'a tendu l'autre mocassin et, d'un hochement de tête, m'a invité à humer l'intérieur. C'est vrai que ça ne sentait pas les pieds mais plutôt la brocante.

— Mais alors, elles sont à qui ?

Au curé d'avant. Ou à personne. Il n'y avait pas de réponse simple ou évidente. J'ai décapsulé sa bière, lui ai proposé un verre qu'il a refusé, et il a bu au goulot avant de conclure :

— Les chaussures, c'était sûrement un prétexte.

— Un prétexte pour quoi ?

— Pour que vous l'ameniez chez le cordonnier. Je ne sais pas... Pour faire un tour avec vous.

Cette idée m'a rendu triste. Le fait que c'était faux, surtout, m'a fait de la peine. C'est moi qui avais insisté pour qu'on y aille ensemble. L'échoppe n'était pas bien indiquée et j'avais eu peur qu'il ne trouve pas. Le curé n'avait eu d'autre choix que de prendre une paire de chaussures au hasard pendant que j'étais allé chercher la voiture. Dans quelques jours il serait loin, il le savait, et tout ce qu'il m'avait raconté durant le trajet n'avait été dit que dans le but de ne pas éveiller mes soupçons, je m'en rendais compte à présent, pour faire passer le temps.

Ma présence l'avait empêché d'agir comme il l'avait prévu et le curé avait dû retourner sur place, en cachette, pour faire copier ce trousseau qui devait déjà peser dans la poche de son veston lorsqu'il m'avait demandé si je connaissais un cordonnier proche du Jary. Mais pourquoi avoir voulu en faire une copie ? Et que faisait ce trousseau dans la poche de sa veste ?

Tout aurait été plus clair, et peut-être plus utile, si j'avais expliqué au petit Cyril ce que le curé était vraiment allé faire chez le cordonnier. Et à Nathalie aussi. Mais quelque chose m'en empêchait. L'envie de les surprendre ? La peur de décevoir ?

— Donc si je comprends bien, pour toi ce n'est pas une piste ?

Non. Pas de piste. Pas d'enquête. Un type avait disparu, on était curieux mais, d'après ce qu'on savait, il n'avait rien fait de mal. Le petit Cyril était gendarme sur autoroute, pas officier de police judiciaire. Même le diocèse n'avait pas eu l'idée de porter plainte. Mais il n'a pas voulu m'affliger. Il m'a dit que j'avais bien fait de le contacter. Parfois, on ne pouvait pas savoir, il suffisait d'une discussion anodine pour qu'un détail surgisse. Un indice dont on n'avait pas estimé l'importance pour permettre enfin d'avancer.

Prisci et Amélie sont sorties de la maison, une bêche et une pelle à la main. Elles sont passées à notre hauteur et m'ont demandé si c'était le goûter.

— Non, on discute juste. C'est pour quoi, tous ces outils ?

— On va enterrer quelque chose dans le jardin.

— Pas quelque chose de vivant j'espère ?

— Pas vraiment.

Elles n'ont pas voulu m'en dire plus. Avec le petit Cyril, nous les avons regardées s'avancer jusqu'à la clôture qui marquait le début du champ du voisin.

— Et à part les chaussures, ça vous est arrivé souvent de faire des tours ensemble ?

J'ai répondu oui, plusieurs fois, pour économiser l'essence. Et plus récemment parce que la voiture du curé était tombée en panne. Ce dernier point était vrai. J'en étais témoin. Le garagiste était venu la semaine suivante, quelques jours avant sa disparition. Il n'avait pas trouvé l'origine de la panne mais, après avoir vérifié deux trois trucs et changé la batterie, il était parvenu à la faire démarrer.

— D'ailleurs c'est marrant… je viens de me souvenir… Le garagiste : je ne sais pas pourquoi mais j'ai insisté pour payer.

Le petit Cyril a levé sa bière, comme s'il voulait trinquer à nos erreurs de jugement, à mes regrets. Je ne regrettais rien mais j'ai levé ma bière et ce fragment de complicité, même sans objet, m'a fait du bien.

— Et sinon, si je vous dis seulement "juillet", il n'y a rien de particulier qui vous revient en tête ?

— Non.

— *Rien* ?

— Qu'est-ce que tu veux que je te dise ?… j'ai soupiré en haussant les épaules, impuissant.

— Vous ne vous souvenez de *rien* ?

Inspiration. Expiration. J'ai évoqué le beau temps qu'il avait fait, à part la grêle à la fin du mois. Nous étions d'accord. Juillet avait été un mois chaud. À part ça un mois normal. Pas grand-chose à raconter sur le curé, pas grand-chose à raconter tout court.

— Il faut dire qu'avec les vacances et les filles à la maison et toutes les semaines les nouveaux locataires de l'oncle et de la tante de ma femme, je n'ai pas vraiment eu la possibilité de…

Je n'ai pas trouvé l'expression que je cherchais. Il a fait oui de la tête. Cela n'avait pas d'importance. Les mots exacts ne comptaient pas.

— Après le 14 juillet, ça s'est calmé. C'était des Hollandais qui sont restés quinze jours. Donc, oui : les deux ou trois dernières semaines, on a vraiment fait pas mal de choses tous les deux.

— Et vous n'avez rien remarqué de particulier ? Dans ses réactions ? Ses centres d'intérêt ?...

J'ai réfléchi, fait semblant de réfléchir, d'être désolé. Il m'a rassuré. Il a dit que ce n'est pas facile de se souvenir quand il n'y a rien à se rappeler. Il a voulu m'aider en lançant quelques suggestions. Le curé s'était-il confié à moi, avait-il reçu des visites, lui avais-je fait rencontrer des gens ; à tout cela j'ai répondu non.

— Et... pardon de vous demander ça mais... toutes ces semaines... de quoi vous avez parlé ? Est-ce qu'il y a... je ne sais pas... est-ce qu'il y a un sujet qui est revenu souvent ?

— La maison de mon père.

— Ah. OK. Qu'est-ce qu'elle a de particulier ?

— Il est mort.

Le petit Cyril s'est aussitôt excusé. Il ne savait pas. J'ai bafouillé que ce n'était pas grave, que cela faisait longtemps maintenant : ça s'était passé en juin. J'ai accompagné avec une petite gorgée de bière pour tout faire descendre et ne plus y penser. Non, vraiment, ne plus s'en faire ; c'était fini tout ça.

J'ai appelé les filles qui creusaient. D'où nous étions assis, on voyait un poteau qui bougeait et les fils barbelés qui ondulaient. Je leur ai demandé d'enterrer leur truc ailleurs, dans le champ du voisin ou chez nous, je m'en foutais, mais pas sous la clôture.

Je pense qu'elles ont voulu m'expliquer qu'elles ne faisaient rien de mal mais leurs voix ne portaient pas. Après plusieurs échanges infructueux, j'ai fini par laisser tomber. Je leur ai fait signe que je me retirais de la conversation, ce qu'elles ont pris pour un encouragement. Un jour, je renforcerais la clôture. D'ici là, on pouvait espérer que la portion qui avait résisté aux filles et au temps suffirait à maintenir l'ensemble, que les poteaux encore solides parviendraient à soutenir les branlants.

— Et votre femme ? Elle ne l'a pas vu quelques fois ?

J'ai dû me tourner vers lui pour comprendre qu'il s'agissait d'une question en l'air et qu'il n'avait pas de soupçons, d'arrière-pensées. Pour plaisanter, j'ai dit que le curé n'était pas vraiment le type d'homme de Nathalie, qu'elle était fonctionnaire des douanes, et qu'en ce moment, autant que je pouvais en juger, elle n'avait pas la tête au badinage. Elle travaillait comme une folle.

— Elle n'a pas de vacances ?

— Non. Ils bossent tout le temps dans la douane volante.

— C'est vous qui vous occupez des filles, du coup ?

— Oui, *du coup*. À cause des vacances : c'est surtout moi.

Soudain, j'aurais aimé qu'il pleuve, un bon coup de vent, avoir une bonne excuse pour mettre un terme, sans paraître impoli, à l'apéro. J'ai regardé vers l'ouest, au-dessus des collines. Un biréacteur effaçait ses traces dans le ciel. C'est tout ce qui nous venait de l'océan. À part ça, là-haut, ça ne servait à rien de chercher : il n'y avait rien. Que du bleu. Et il ne fallait pas se plaindre. C'était ce qu'on avait voulu. C'était ce que les locataires du Chagrin avaient voulu. Des journées de beau temps sans aucun nuage. Maintenant qu'on les avait, après les pluies de juin, la grêle de juillet, tout le monde se réjouissait. Pourquoi ces belles journées déclenchaient-elles de plus en plus souvent l'orage dans mon crâne ? C'était peut-être les médicaments que j'avais arrêté de prendre, ou ceux que je n'avais jamais pris. La tante de Nathalie pensait que c'était les sinus : elle avait une cousine chez qui c'était les sinus. Dès que le temps se mettait à changer, qu'il fasse grand soleil ou qu'il pleuve, il lui venait des migraines. Paule m'avait donné son numéro pour que je lui demande ce qu'elle suivait comme traitement. Je n'ai jamais cherché à la contacter. Je savais déjà que cela ne me concernait pas. Chez moi, le mal diffus, ça se manifestait dans la gorge aussi. Comme ce jour-là : une ridicule et soudaine envie de pleurer.

Je voudrais croire que le petit Cyril ne s'est pas levé uniquement parce qu'il avait fini sa bière. Tout ce qu'il a dit, c'est qu'il devait y aller. Même si personne ne l'attendait à la caserne, même s'il était *hors service*, il a regardé le gros hublot de sa montre et m'a remercié de l'avoir invité pour l'apéritif.

— C'était aussi pour les chaussures...

Il a rigolé quand j'ai insisté pour qu'il les emporte, comme s'il avait déjà oublié. Il a dit que je pouvais les garder. Le curé, en tout cas, ne reviendrait pas les chercher.

— C'est peut-être un peu prématuré de conclure. On ne sait même pas ce qu'il lui est arrivé.

— Non, c'est sûr. À cent pour cent. C'est ça que font les adultes. Un jour ils ne supportent plus leur quotidien. Ils essaient une nouvelle vie, et si une nouvelle vie n'est pas possible sur place, ils partent.

— Ah bon ?

— Ouais.

J'ai repris le plateau que j'avais apporté le cœur plus léger qu'il ne l'était à présent et nous avons traversé la maison. Le petit Cyril s'est excusé au moment d'entrer dans le salon. Il ne voulait pas salir. Je lui ai fait comprendre qu'avec deux filles sous notre toit, ce genre de politesse était voué à l'absurde. Je ne l'ai pas dit comme ça. J'ai dit ça ne fait rien, de toute façon je dois passer l'aspirateur. Je l'ai raccompagné jusqu'à la porte d'entrée puis, curieux, jusqu'à sa moto. Nous l'avons observée ensemble, côte à côte, lui aussi muet que moi, ce qui m'a paru étrange puisqu'elle était à lui. Peut-être l'avait-il achetée récemment et ne s'était-il pas encore habitué à posséder un objet si bien dessiné. Peut-être, sans même s'en rendre compte, attendait-il un commentaire élogieux de ma part. Mais je ne pouvais m'empêcher de penser à autre chose.

— Et le curé, il n'y est pas, dans tous vos fichiers ?

— J'ai pas le droit de dire.

— Mais quelqu'un a regardé ?

— J'ai pas le droit de dire.

— Ah. Cyril. Tu as une belle moto mais tu fais un peu chier, là.

Il a pris le casque qu'il avait laissé sur la selle sans même l'attacher. Il a fait jouer des mécanismes qui m'ont paru complexes pour pouvoir l'enfiler et relever la visière.

— D'après ce que j'ai compris, il a été au séminaire mais il n'a pas passé… je ne sais pas comment ça marche mais il n'a jamais passé l'examen de prêtre.

Là il s'est assis. Avec un ravissement contenu mais perceptible, il a posé ses paumes sur les poignées et, déjà dévoré par son rêve de moto, s'est souvenu qu'il fallait tourner la clé de contact.

— Donc le curé, c'était un laïc.

— Voilà, a fait le petit Cyril. Un laïc frustré.

— Frustré ?… Pourquoi frustré ?

— Moi j'ai la conviction que ça a à voir avec ça.

Cette remarque du jeune gendarme m'a étonné.

— Euh… j'ai dit. Si c'était juste une question de frustration…

— Je sais qu'il y a des putes à Périgueux. Je ne parle pas de ça. Lui, il était… probablement… un curé, quoi : de l'autre bord.

— Ça a un bord maintenant, les curés ? Et puis, déjà, s'il est laïc… ?!

— Vous savez ce que je veux dire… curé ou faux curé… les petits garçons…

D'un mouvement coordonné de la cheville et du poignet, maintes fois répété et dont il devait être fier, il a démarré le moteur, effaçant, sans le vouloir, la possibilité d'une autre conversation. Avant de repartir, il a pris le temps de régler ses deux rétroviseurs, ce que j'ai trouvé touchant venant d'un gendarme mais peut-être ne le faisait-il que parce qu'un civil était en train de l'observer.

Le bruit de l'embrayage m'a fait l'impression de quelque chose qui tombait. Je me suis reculé pour lui laisser le passage. Je ne voulais pas être un obstacle. 240 km/h était la dernière valeur affichée sur le cadran. Était-il possible d'aller au-delà ? Le petit Cyril s'autorisait-il des pointes de vitesse sur les tronçons en forêt ? Un jour, selon toutes les statistiques, il glisserait sur le bitume. Sa tenue le protégerait du frottement mais pas de l'éventuel impact. Regretterait-il alors son achat ? Le temps d'un soupir, ou pendant quelques secondes, en attendant le choc ou la libération, il verrait peut-être sa vie défiler. Et peut-être mon visage lui apparaîtrait-il au milieu de centaines d'autres en train de lui dire au revoir. J'ai voulu lui laisser un bon souvenir. J'ai voulu qu'il parte serein. Je lui ai souri. J'ai gardé pour moi mes pensées et mes doutes. Non, le curé n'était pas porté sur les petits garçons. Jeunes ou mûres c'était une autre question, mais c'étaient les femmes qui le troublaient. C'était sûr. À cent pour cent. Je le savais. Je l'avais vu.

— Qu'est-ce qu'on aperçoit ?

Le curé s'était emparé des vieilles jumelles héritées du grand-père de Nathalie. Il avait cette grimace qui lui donnait l'air d'être en plein effort et révélait ses dents. Il avait tourné la molette, dans un sens, longtemps, puis dans l'autre, et maintenant que l'image était nette il voulait que je donne un nom à ce qu'il voyait.

C'était à nos débuts, fin juin, peut-être début juillet, quand il lui fallait encore une excuse pour me rendre visite, un coup de main, un meuble qu'il devait déplacer dans la sacristie et qu'il ne pouvait soulever seul mais cette excuse, avec les semaines qui sont passées, je ne me la rappelle pas. Au fil des semaines, il viendrait dans l'impasse pour me demander simplement si j'avais le temps et l'envie de l'accompagner à Périgueux ou pour une petite marche. Il ne s'encombrerait plus de justifications et passerait toujours sans s'annoncer. Bien sûr, je lui avais donné mon numéro de téléphone mais il ne s'en est jamais servi.

Ce jour-là, il avait frappé à la porte vers onze heures. Nathalie venait juste de partir, plus tard que d'habitude. Je pense aujourd'hui que ce n'était pas une coïncidence, que c'était moi qu'il était venu voir et qu'il savait très bien que j'étais seul. Il avait dû apercevoir les filles au village, la voiture de Nathalie filer vers le rond-point.

Je me souviens de mon hésitation à lui proposer une bière. Parce que je le connaissais mal, qu'il n'était pas encore midi, et parce que c'était un curé j'avais trouvé incongru de lui offrir une bouteille du pack de douze qui prenait l'humidité au fond du frigo.

— Pourquoi ? s'était-il étonné quand je lui avais fait part de mon indécision. Vous pensez que je ne bois que du champagne ?

— C'est juste… un curé, chez moi, avec une bière à la main, ça me fait bizarre.

Il avait ri, de ce rire bref et libérant qui sortait parfois de lui comme il frappait à ma porte, sans prévenir.

Nous avions bu ensemble dans la cuisine, puis je lui avais fait visiter le rez-de-chaussée de la maison. C'était la première fois qu'il voyait plus loin que l'entrée ou le salon. Je lui avais montré l'escalier en précisant que les chambres des filles étaient au premier. Pour finir, j'avais poussé les portes de la véranda. Je me souviens qu'il avait longuement hoché la tête en découvrant le paysage, avec une moue d'appréciation, ne s'interrompant que pour pointer du doigt les jumelles du général suspendues à un clou en me demandant :

— Je peux… ?

J'ai regardé le curé qui scrutait le monde à l'arrière de chez nous. On aurait dit un guide de montagne, un marin, un chasseur. Je me suis efforcé de comprendre ce qu'il m'indiquait et voulait que je nomme, *ce qu'on apercevait* droit devant. Ces champs, ces quelques routes, ces maisons isolées qui s'entouraient de haies de troènes et ces bois qui nous cachaient l'horizon.

— Ça… Eh bien c'est l'arrière du Jary.

— Et la grande forêt, là…

— La forêt ? C'est encore le Jary.

— Et la colline ?

Il a fait le geste dans l'air pour me la dessiner.

— Le Jary aussi.

On était juste un peu trop bas. Le relief, même arrondi et peu remarquable, nous dominait. Ici, ce n'était pas le paysage qui se dévoile aux promeneurs tout en haut du Jary, cette houle figée, ces vagues de collines qu'on ne distingue les unes des autres que par les couleurs qui s'estompent à mesure que le regard s'éloigne. Dans le champ derrière la maison, les arbres nous mangent un peu du ciel et avec lui l'horizon qui, sinon, irait presque jusqu'à l'océan.

Mais cela nous convient. Depuis que les parents de Nathalie ont laissé le seul bâtiment debout de l'ancienne métairie à leur fille, s'installant à seulement vingt kilomètres mais dans le département voisin, il n'a jamais été question pour nous de vivre ailleurs. Les emprunts, les loyers se sont éteints avec les générations qui nous ont précédés. On ne sait même plus ce que c'est qu'un fermage. Avec deux salaires de la fonction publique, on couvre sans trop de peine les charges et l'entretien. On peut dire qu'*on est bien*. Ce n'est pas la promesse d'un panorama qui nous ferait quitter la vieille bâtisse. Dans la région, dès qu'un lieu-dit s'appelle Bellevue ou Beauregard, on y construit des maisons moches.

— On n'a pas beaucoup de dégagement ici, je lui ai dit. Mais depuis le clocher il y a sûrement une jolie vue. Ça ne m'étonnerait pas qu'on puisse distinguer le Massif central. Je ne sais pas. Je n'y suis jamais monté. Dans mes souvenirs il a toujours été à l'abandon ou en travaux.

Le curé a décollé ses yeux des oculaires et regardé au loin pour essayer de comprendre à quoi correspondait ce détail grossi vingt fois qu'il venait d'apercevoir.

— En tout cas elles sont drôlement puissantes, vos jumelles.

— C'est des jumelles de l'armée.

Il ne parlait plus.

— Elles étaient à l'arrière-grand-père des filles. Il était dans l'infanterie. On dit les jumelles du général…

Ses doigts ont caressé la molette avec la douceur de l'horloger qui remonte un mécanisme.

— … mais en fait il n'était même pas lieutenant.

— En tout cas ce qui est sûr, c'est qu'il pouvait voir les ennemis de loin.

L'espace d'une seconde, il m'a semblé que le curé retenait son souffle. Et puis il a dit :

— La grande maison là-bas… c'est ma vue qui est trouble ou ils ont *deux* plongeoirs ?

J'ai confirmé : un bassin en béton avec deux plongeoirs. Une des premières piscines à avoir été construites dans le village. Un cas unique dans la région. Il aurait fallu demander la raison de ce doublon au concepteur, sans doute mort à présent. Pour se sentir tomber de différentes hauteurs, ou simultanément. Il n'y avait pas d'autre explication.

Sans bouger de son poste d'observation, le curé m'a demandé ce que faisaient les propriétaires. Je lui ai répondu qu'il était difficile de le savoir. Aujourd'hui les gens ont des jobs indescriptibles. Comme il me pressait de questions, je lui ai donné les éléments biographiques que nous partagions tous au village. La maison aux deux plongeoirs – certains disaient le manoir, d'autres la maison du fond – appartenait à des gens d'ici depuis des générations, sauf la dernière, qui était partie et avait fini par revenir quand il était devenu possible de travailler à Paris sans y être, ou avec des indemnités chômage, ou à cause d'une préretraite confortable ; personne n'était d'accord là-dessus.

— Ils ont des enfants ?

Une silhouette féminine est apparue, debout au bord de la piscine. À l'œil nu, on aurait pu croire qu'elle venait d'émerger des entrailles de la Terre, telle une divinité antique mais, dans la réalité, elle avait dû se lever d'une des chaises longues qui bordaient le bassin. Et le curé n'en avait pas perdu une miette.

Elle avait une vingtaine d'années. Elle était née ailleurs, avait été à l'école, au collège, au lycée ailleurs, au gré des postes de ses parents et les gens du coin ne considéraient pas qu'elle était d'ici. Elle revenait de temps en temps au Jary, y passant quelques vacances, celles où il faisait chaud. On ne l'apercevait jamais dans les rues du village, sauf lorsqu'elle courait.

Certains disaient qu'elle avait réussi mais, pour l'instant, la seule chose qu'elle avait accomplie avec certitude, c'était de *rentrer dans une école*, grande ou petite, là aussi les avis divergeaient, mais elle allait réussir, ça personne n'en doutait.

Et c'est à ce moment que la jeune femme a décidé d'enlever le haut de son maillot.

Déjà immobile, comme s'il avait attendu – espéré – ce rebondissement, le curé est devenu un tronc. La jeune femme a posé ses mains sur ses hanches, ou dans son dos, je l'ai à peine deviné, sans doute a-t-elle coincé le tissu entre ses deux fesses pour éviter les marques de bronzage et elle s'est recouchée, à plat ventre, sur la chaise longue, disparaissant.

Le curé est resté figé encore quelques secondes, avant de finir par baisser les jumelles du général. Il me les a tendues en les tenant par la sangle et m'a dit, avec un regret dans la voix (tout ce temps j'avais fait semblant de ne m'apercevoir de rien) :

— En tout cas c'est joli par chez vous. De l'église, on ne voit pas tout ça.

— Je t'ai vu coucher avec deux étudiantes.

C'était après le 15 août. Nathalie s'était réveillée de mauvaise humeur. Quand j'avais voulu savoir pourquoi, elle m'avait dit : "J'ai fait un rêve", puis Prisci était arrivée dans la cuisine et la conversation s'était arrêtée là. Malgré les vacances, la benjamine avait gardé le rythme de l'école. Tous les jours ses petits pieds nus dévalaient l'escalier vers sept heures, parfois sept heures et demie. Rien ne pouvait la faire se lever tard. On avait essayé d'installer des rideaux obscurcissants à la fenêtre de sa chambre, de la laisser veiller plus tard, nous avions commencé à boire chaque soir une tisane de verveine que je préparais avec les feuilles du jardin, mais dès la mi-juillet il est devenu évident que rien ne pourrait changer cette habitude.

Cela ne me dérangeait pas. Souvent, le matin, je me surprenais à raisonner dans le lit à des heures où j'aurais dû, moi aussi, encore dormir. Bientôt je l'entendais qui faisait grincer chaque marche de l'escalier et j'allais la retrouver dans la cuisine. Nous déjeunions ensemble. Nous avions de grandes discussions en attendant les deux autres. Selon les jours, Nathalie nous rejoignait avant la fin de mon café, ou juste après. Pour la forme elle s'étonnait que Prisci soit aussi matinale, elle se plaignait un peu. La petite nous répondait avec une lassitude qui grandissait avec les semaines et devenait de l'exaspération. Elle ne comprenait pas ces reproches et ces remarques : rien n'avait changé depuis qu'on avait parlé la dernière fois, pourquoi ses parents continuaient d'en faire un sujet de discussion, elle leur avait dit pourtant : c'était comme ça.

— Deux étudiantes ? C'est pour ça que tu me fais la gueule ?

— Dans le rêve, tu étais tout content !

— Bah... qu'est-ce que tu veux que je te dise... Désolé.

— Tu n'étais même pas plus gêné que ça... Ça m'a rendue furieuse...

Dans son rêve et en dehors, Nathalie était encore fâchée avec moi. Elle s'excuserait peut-être plus tard, peut-être pas. Et je passerais l'éponge comme elle la passerait pour moi un autre jour, à une autre occasion. Chacun à notre tour nous saurions être patients. Quand les filles seraient plus grandes et qu'elles me demanderaient, je leur expliquerais que le couple c'est deux équipiers qui se retournent souvent pour s'attendre.

— Tu vas être de mauvaise humeur toute la matinée ? Parce que c'est un peu injuste, non ? En vrai je n'ai couché avec personne.

Nathalie a hoché la tête, les lèvres un peu pincées (les prévenir que, pour les deux équipiers, la route ne descend jamais vraiment).

— Personne ?... Jamais ?

Nathalie a demandé ça d'une voix traînante et sans illusion. Nous nous sommes regardés. J'ai confirmé de la tête. Surtout – surtout – je me suis retenu d'ouvrir la bouche. Jouer les idiots et ne pas creuser le sujet. Ne pas parler. Ne pas penser. Même si c'est difficile de ne pas penser à ce type qu'elle avait mentionné une ou deux fois et puis un jour plus jamais. De ne pas se souvenir de ce retour de mission la même semaine où elle nous avait semblé bizarre, ces phrases qui n'étaient *pas tout à fait elle*, cette légèreté qu'on avait trouvée rafraîchissante et suspecte et on n'avait rien dit parce qu'au fond on s'en foutait, on était content de la revoir vivante.

— Tu veux toujours amener les filles à la médiathèque cet après-midi ?

— Pourquoi ? Tu veux venir ?

Son ton agressif m'a surpris. J'ai voulu me défendre (dire aussi aux filles que le col est sans fin).

— Et pourquoi pas ?

— *“Et pourquoi pas ?”*

— Quoi ?

— Pardon, j’ai rien dit : j’ai oublié que tu es en arrêt maladie, pas en vacances.

J’ai soupiré.

Peut-être n’aurais-je pas dû.

Peut-être, s’il y avait un seul soupir à effacer de toute cette période, ce serait celui-là.

Si je n’avais pas soupiré, qui sait si les choses n’auraient pas été autrement, à suivre leur cours paisible et discret jusqu’à ce que je sorte naturellement de la zone rouge ; septembre n’était pas loin.

Mais j’ai soupiré.

Sans doute y avait-il dans mon soupir, et dans l’expression de mon visage à ce moment-là, quelque chose qui s’est échappé de ma mauvaise conscience, quelque chose qui s’est instantanément transformé en regret.

Le regard de Nathalie est passé de mon œil droit à mon œil gauche, des lustres qu’elle ne m’avait pas regardé comme ça.

— Qu’est-ce qu’il y a ? j’ai demandé, faiblement.

— Non, c’est moi qui te pose la question : qu’est-ce qu’il y a ?

Je n’ai pas répondu tout de suite. Cela faisait beaucoup pour la matinée. J’ai versé le contenu de la cafetière dans l’évier.

— Et ne me dis pas “rien”. Je vois bien qu’il y a un truc.

— Nathalie…

Il faudrait changer de marque, encore, on était toujours déçu. Ou était-ce la faute de la machine ? On ne lirait jamais la notice.

— C’est juste que… je ne suis pas vraiment… pas vraiment en arrêt maladie.

— Quoi ?

J’ai entendu les filles dans l’escalier avant d’avoir l’occasion de répondre. Sans pouvoir prononcer un mot de plus, sans *vouloir* prononcer un mot de plus, nous avons attendu qu'elles arrivent jusqu'à nous et nous demandent ce qu'elles étaient venues nous demander. Est-ce qu'on peut écouter une histoire sur l'ordinateur. Est-ce qu'on peut repeindre nos chambres toutes seules. Est-ce qu'on peut abattre quelques arbres dans le jardin. Ce jour-là, nous avons dit oui à tout, sans essayer de raboter.

Le temps qu'elles repartent, nous sommes restés coincés aux débuts des aveux sans oser nous regarder de peur de mettre le feu, en un seul geste, à près de vingt ans de vie à deux. Les filles étaient encore là, pas loin, mais Nathalie ne pouvait plus attendre. À voix basse, elle m'a demandé :

— T'es pas malade ?

J'ai fait non de la tête.

— T'as pas pissé sur la portière ?

— Si... si j'ai pissé sur la portière. Mais ce n'était pas un burn-out.

— C'était quoi alors ?!?

Une simple envie de pisser. Sur le parking. Un besoin irrésistible. Je m'étais retenu pendant tout le cours. À la sonnerie j'avais voulu éviter un collègue et je m'étais laissé emporter par le flot des élèves jusqu'à l'extérieur du bâtiment, renonçant volontairement aux trois occasions d'aller aux toilettes qui m'étaient offertes en chemin. Je m'étais vu plus fort que je ne l'étais.

Comme j'avais emprunté la sortie des élèves, j'avais dû longer le terrain de sport jusqu'à la voiture. En faisant le grand tour jusqu'au parking du personnel, je pensais encore que je pourrais attendre d'être rentré à la maison mais, à peine passé les premières voitures, j'avais compris que je n'aurais pas la force de me contrôler.

Je n'ai vu personne. J'avais marché vite. Dans quelques minutes, tous les collègues qui, eux, étaient repassés par la salle des profs, sortiraient. Je voulais partir, surtout ne pas retourner à l'intérieur du collège, je voulais rentrer chez moi.

Contrairement à ce qu'a imaginé Gros-Chastang, je n'ai pas décidé d'uriner sur la portière de la voiture du prof de maths parce que je lui en voulais personnellement. J'ai uriné là où c'était le plus discret d'uriner, et si la plus haute voiture du parking appartenait à Gaumier, il faut me croire quand je dis que ce n'était qu'une succession de circonstances. J'ignorai que ce con roulait en 4×4.

Je ne sais pas d'où Gros-Chastang est sorti. Peut-être a-t-il attendu dans mon dos que je finisse. À quelques secondes près, mon proviseur voyait le bout de mon sexe et ma braguette ouverte. Il m'a tiré par le bras pour m'éloigner du lieu du crime. C'était la première fois que j'éprouvais sa force physique. Je me souviens qu'il m'a paru nerveux et, surtout, inquiet. Je lui ai juré que j'allais très bien, que c'était seulement un malentendu, mais je ne suis pas parvenu à le convaincre : cela faisait longtemps que je faisais des choses bizarres, que je rechignais aux tâches collectives en salle des profs, que mon humour au deuxième degré, mon ironie grinçante, ne passaient plus. Il m'a donné l'ordre de trouver un docteur et de lui demander une interruption de travail. Ce que je n'ai pas fait. Je suis resté chez moi.

Gros-Chastang a failli s'étrangler quand il m'a vu revenir une semaine après l'incident de la portière pour lui annoncer que j'étais prêt à reprendre mes classes. Je n'avais toujours rien dit à Nathalie, je n'étais pas dépressif et cette situation n'était pas très confortable.

Mais depuis le lundi, au collège, tout le monde croyait que j'étais en arrêt maladie. Tout le monde croyait parce que Gros-Chastang l'avait officiellement confirmé. Il ne pouvait plus se dédire. Si je revenais maintenant, *on* ne manquerait pas de lui demander des explications en interne et *on* ne manquerait pas de faire remonter ces explications à l'Inspection. En me ramenant discrètement mais de pied ferme jusqu'à ma voiture, mon supérieur hiérarchique m'avait avoué qu'il connaissait des problèmes avec l'administration pour des questions qu'il n'avait pas voulu me détailler. Il se savait sous surveillance. Et *pour ces quelques malheureuses semaines* jusqu'aux vacances d'été, nous étions convenus qu'il serait plus simple pour tout le monde que je reste chez moi. Je reviendrais en septembre guéri, reposé, et personne n'y trouverait rien à redire. Tenue à l'écart, l'administration me croirait au travail et continuerait de me verser mon salaire. On verrait pour un éventuel remplacement.

Nathalie a fait non de la tête, incrédule :

— Mais ton attestation ? Et tes ordonnances ?

Les ordonnances c'étaient des vraies. L'attestation, je n'en avais jamais eu mais comme elle n'arrêtait pas de s'inquiéter de mon apparent manque de volonté à guérir, j'avais voulu la rassurer. J'en avais fait une fausse sur l'ordinateur, et je l'avais montrée à un nouveau médecin de la ville pour ne pas devoir mentir au nôtre. Les boîtes sagement rangées hors de portée de filles dans un placard de la cuisine, il m'avait suffi de faire disparaître les médicaments au rythme prescrit par l'ordonnance, sans oublier ceux qu'elle m'avait forcé à avaler devant elle parce qu'elle avait peur que je ne respecte pas le traitement.

J'ai juré à Nathalie que je n'avais pas eu l'intention de frauder, au début en tout cas. J'avais pris ces premiers jours de repos comme une chance à saisir. Et puis quelque chose s'était produit. Plein de petites épiphanies s'étaient révélées à moi depuis que je ne devais plus me lever tôt le matin pour aller travailler. On ne se rend pas compte à quel point on a besoin de repos dans une vie. De rien. De vacance.

— Des *micro-épiphanies*…

Nathalie est restée prostrée et ça m'a rendu triste. Je lui ai proposé de considérer la situation comme une opportunité ; on avait parlé de faire un break, de prendre une année sabbatique…

— Mais pas comme ça !

Je n'ai pas eu le cœur de la contredire. J'aurais pu lui faire la liste de tout ce qui, dans l'Histoire, était survenu quand on ne l'attendait pas. L'éruption de Santorin, la peste sur le Grand-Saint-Antoine, l'infarctus du fils de Laurette. Mais à quoi bon essayer d'argumenter quand la peine est déjà faite ? Dans la vie de Nathalie, comme dans la mienne jusque très récemment, il faut toujours un plan.

— C'est complètement irresponsable ! T'aurais pu te faire virer pour faute grave ! Si le proviseur n'avait pas couvert ta magouille, tu ferais quoi aujourd'hui ?

— C'est moi qui couvre sa magouille ! Et puis j'ai l'héritage.

— Ce n'est pas un plan, ça ! Tu ne pouvais pas savoir que ton père allait mourir trois semaines plus tard.

— J'avais fait un rêve…

Nathalie a levé les yeux vers moi. Mes phrases courtes, mon absence de remords. Elle est sortie de la pièce.

— Au fond, ton père était un visionnaire. Comme prof, tu as vraiment fini par être payé à rien foutre.

Couper le métal comme du beurre. Ramasser le cadenas tombé à terre. Le trouver lourd dans le creux de sa paume. Se relever. Se sentir fort avec dans une main la cisaille et dans l'autre la chaîne qui traînait jusqu'au sol…

J'ai tout remis sur le siège passager, poussé le portail et avancé la voiture jusqu'aux marches de la porte d'entrée. Je sais qu'il aurait désapprouvé et, surtout, que je ne l'aurais pas fait. Dans l'ancienne vie j'aurais laissé la voiture dehors, devant le portail. Mon père craignait que le passage répété des voitures ne finisse par enfoncer les canalisations. Entendre : le passage répété des autres voitures que la sienne, car la sienne il savait où la conduire pour éviter les nœuds que faisaient les tuyaux, les points faibles que les ouvriers avaient plantés comme des mines, forcément ; *ils ne savent pas ce qu'ils font.*

J'ai ouvert le coffre et sorti la pile de cartons vides. Pas besoin de scotch. La femme à la brocante m'avait montré comment faire, une manipulation que je n'étais pas certain de pouvoir reproduire mais j'avais confiance en moi. Je placerais une main sur le grand côté, l'autre au bord de l'ouverture et une boîte apparaîtrait comme par enchantement, prête à l'utilisation. J'aurais bien partagé cette nouvelle façon de faire avec Nathalie mais, depuis qu'elle avait fait ce rêve, et la discussion qui avait suivi, nous étions en froid.

J'ai passé la porte d'entrée et j'ai posé mes dix cartons plats par terre. J'ai rapidement retrouvé la manière d'en faire des boîtes. Pour laisser le couloir dégagé, j'en ai fait un mur, comme avec des briques, un mur contre lequel les filles se seraient jetées si elles avaient été là, occupant une partie de leur après-midi à le monter et à le détruire, s'en détournant seulement avec ce sentiment si particulier à l'enfance, quand serait apparu ce mélange de fatigue, de lassitude et d'ennui.

J'ai réparti les boîtes dans la maison, les abandonnant sur le sol de la cuisine, du salon, de la chambre de mon père. Tout ce que je mettrais dedans serait emporté par le camion de la brocante qui passerait dans huit jours. Le reste finirait à la décharge ; huit jours pour faire le choix.

J'ai gardé le dernier carton pour le bureau de mon père. C'est là qu'étaient ses papiers dans des classeurs et dans des boîtes, dans des tiroirs qui débordaient de zouilles et d'élastiques. Je l'ai posé sur le lit coincé entre le mur et une console aux pieds très fins qui aurait pu faire office de table de nuit, mais sur lequel on n'avait jamais vu aucun corps s'allonger. L'endroit n'avait pas été pensé pour cela. Peut-être ce lit avait-il été installé en prévision de courtes siestes dont on n'avait jamais, par la suite, éprouvé le besoin. Qui sait ce qui était passé par la tête de mon père lorsqu'il avait aménagé cette pièce, et toutes les autres pièces, dont chacun des meubles semblait avoir trouvé sa place définitive dès le premier jour. Ces raisons que lui seul connaissait avaient disparu avec les dernières impulsions électriques de son cerveau.

Il y avait des étiquettes sur chaque dossier, parfois trois ou quatre collées l'une sous l'autre, chacune précisant la précédente : Factures diverses / Maison surtout / Vente voiture. À l'intérieur, des subdivisions infinies permettaient de s'y retrouver. Glissant le doigt sur les languettes colorées, arrêtant l'index au hasard, j'ai reconnu notre ancienne voiture sur une photo collée en haut d'un intercalaire en carton. J'ai cherché dans les pages suivantes s'il y avait d'autres clichés avec nous dedans, avec des détails en arrière-plan qui m'auraient rappelé des choses, peut-être moi tout seul à l'avant, comme j'en avais le vague souvenir, assis côté conducteur à faire semblant de rouler, à passer les mains sur le volant qui se bloquait au bout d'un quart de tour et à fendre l'horizon, les manettes de chauffage pour déclencher l'envoi des missiles, les conversations avec les coéquipiers et réguler l'altitude, peut-être n'était-ce arrivé qu'une seule fois et pourtant c'est comme cela que j'aurais aimé voir rejaillir l'enfance ; mais derrière l'intercalaire je n'ai trouvé, rangées, que des copies de factures.

Les plus gros dossiers ne portaient qu'une seule étiquette. Impôts-Tout-1. Impôts-Tout-2. Impôts-Tout-3… Les tons ne changeaient pas, malgré les décennies que ces couvertures enjambaient. Il avait dû acheter l'ensemble des classeurs en une seule fois, en prévision. Ceux qui attendaient encore, flambant neufs, en réserve, dans quelque placard de la maison, ne seraient jamais remplis. Un destin qui ne valait pas beaucoup mieux que celui des classeurs qui occupaient leur propre étagère au-dessus du bureau, alignés dans l'espoir à jamais déçu d'être épluchés, disséqués mais qui finiraient bientôt, intacts, au fond d'une benne.

Toute sa vie, mon père avait constitué ses dossiers en prévision du jour où il recevrait cette lettre du fisc autant redoutée qu'espérée. Avant le Jugement dernier, il y aurait un contrôle fiscal. Des fonctionnaires ouvriraient ses classeurs et les justificatifs leur sauteraient au visage comme des nuées de papillons. Il pourrait *tout justifier*. Il avait tout gardé. Les tickets de caisse qu'on ne prend pas la peine de ramasser sur le comptoir. Les duplicatas qu'on ne demande pas. Les quitus pour lesquels il avait dû se battre. Le jour où ils le contrôleraient, ils pourraient chercher, chercher, ils ne trouveraient rien. *Ah, leurs gueules quand ils verront que je n'ai rien fraudé.* Et même si ce jour ne s'était jamais matérialisé, et même s'il n'était plus de ce monde, en posant simplement mes yeux sur les dossiers alignés, je pouvais entendre les commentaires satisfaits de mon père là-haut au paradis, en substance : *les cons, je les ai bien baisés…*

Un historien aurait pu produire du sens avec tout ce matériau. Il aurait pu, par exemple, deviner la date où tout s'était arrêté et de là déduire une foule de statistiques sur la vie de cet homme, mort et né en France entre le XXe et le XXIe siècle, et dont la silhouette comme une autre s'était déjà estompée de l'infinie mémoire collective, nulle part aussi précise encore que dans mon crâne.

Cet historien, ce n'était pas moi. Je n'avais ni l'envie ni le temps de rien : deux heures si on comptait le trajet du retour au Jary *et ne t'avise pas d'être encore une fois en retard.* J'avais réglé une alarme pour me laisser un moment avec la voiture de mon père, dix minutes avant de repartir pour essayer de la faire tourner. Le garagiste voulait bien y jeter un œil gratuitement. Si elle démarrait, on pourrait la ramener en convoi avec Nathalie un jour où elle ne serait plus fâchée avec moi, par les petites routes pour éviter les gendarmes, pour ne pas devoir l'assurer.

Mais, une fois sur place, je n'ai plus eu le courage de commencer à remplir le moindre carton. Et au lieu de jeter un coup d'œil dans les tiroirs, d'évaluer ce qui devait être donné, ce qui devait être jeté, je me suis mis à feuilleter ces pages dont je ne pouvais qu'admirer la précision des perforations. Relevé de banque, facture d'intérêts, chaque bord gauche était parfaitement aligné avec le précédent, les deux trous parfaitement superposés avec les suivants. Par-delà sa maniaquerie et son envie de subjuguer le fonctionnaire des impôts, avait-il pensé que je verrais cela un jour ? Que je serais impressionné par ce travail manuel ? Que je me demanderais, sans pouvoir trouver la réponse, comment il y était parvenu ?

Dans le dernier quart du classeur, la toute fin de sa vie, au milieu des signes et des colonnes, une somme avait été surlignée en rose fluorescent. 250. Une inscription raturée au crayon suivait, ponctuée par un point d'interrogation. À plusieurs pages de distance, j'ai remarqué d'autres coups de feutre rose, de plus en plus fréquents, suivis de nouveaux points d'interrogation. Je n'ai pas eu le temps d'aller jusqu'à la dernière page pour voir comment tout cela finissait : une alarme silencieuse mais insistante s'est réveillée contre ma cuisse.

Je me suis levé et je suis sorti par la cuisine, ouvrant les volets qui donnaient sur le jardin et ce qui aurait dû être une terrasse mais, conçu trop étroit, était resté un rehaussement de béton d'un petit mètre de hauteur dont il était possible de sauter à l'infini, sans danger.

J'avais souvent joué aux soldats en plastique sur la surface lisse très rapidement patinée par le temps. C'était le seul endroit à l'extérieur où des armées entières pouvaient tenir debout toute une après-midi. En grattant les massifs, on en retrouverait, c'est sûr, petits soldats tombés du nid et jamais remplacés, érosion inéluctable des bataillons de l'enfance.

Les abords, la castine, étaient de plus en plus envahis par la nature. L'herbe avait poussé et atteint par endroits des hauteurs que je n'avais jamais vues ici. On devinait où le terrain était sec, où il y avait peut-être une source, un ruissellement. J'ai senti une nouvelle vibration. J'ai sorti le téléphone de ma poche. Un message inattendu de Nathalie qui *nous* demandait, pendant son absence, de penser à finir le roquefort avant d'entamer le camembert. Fallait-il répondre ? Dire pas de problème. Se risquer à lui souhaiter une bonne mission (secrète) ? Ou simplement écrire *OK*, et envoyer ? J'ai eu peur de casser quelque chose, d'abîmer ce moment où elle avait retrouvé suffisamment de patience pour évoquer un sujet anodin avec moi. Après quelques secondes de réflexion, j'ai décidé de ne rien faire. J'étais content. Mensonge ou omission, c'était encore à débattre, mais les suites du pipi sur la portière n'avaient pas tout déchiré. Avec un peu de temps, on saurait passer à autre chose, on oublierait et la vie normale reprendrait. Plus aucun de nous ne serait soulagé par les déplacements de Nathalie pour le travail. Bientôt fini le silence ou les regards qui s'évitent quand les filles étaient couchées. Je voulais me rassurer : un peu de temps, c'est tout ce qu'il nous fallait.

J'ai contourné rapidement le garage en traversant le no man's land de gravillons qui le séparait du mur du bureau. Mon père craignait les incendies et de perdre en un instant et son véhicule et ses meubles et avait fait construire le garage à l'écart de la maison, contrairement à l'usage de l'époque qui voulait qu'on puisse pousser la porte du salon à peine sorti de la voiture. De son propre aveu, il avait peut-être exagéré les dimensions de ce vide sanitaire mais je crois qu'il était rassuré de savoir qu'en cas de foudre il lui resterait un abri pour passer la nuit, réorganiser sa vie.

J'ai essayé deux clés avant de trouver la bonne. La poignée a tourné et, à travers elle, j'ai senti la force libérée du contrepoids, comme si l'objet inerte s'était réveillé d'un trop long sommeil et qu'il n'avait pas voulu laisser filer sa chance. Je me souvenais parfaitement des trois voitures qui nous avaient trimballés : le modèle, la marque (une américaine, une française, une allemande), la texture et le bruit des sièges, la forme du ciel vu à travers les rétroviseurs.

Quand j'étais parti, il avait revendu la Passat que j'avais espéré, un temps, recevoir en cadeau et l'avait remplacée par *la 21* comme il disait, j'ignore pourquoi il avait pris cette habitude, jamais *la Renault* ou *la R21*, comme tout le monde.

Dans cette *21*, je n'avais pas eu beaucoup d'occasions de m'asseoir. Seule la couleur me restait parfaitement en mémoire – blanche – parce que cela m'avait étonné de la part de mon père. Les trois autres avaient été choisies dans les tons de gris et de brun. L'envie de changer, qui sait ; un nouveau départ ? Une envie qui ne valait plus grand-chose aujourd'hui selon l'estimation la plus conservatrice calculée le matin même sur l'ordinateur familial. Mais peut-être l'objet saurait-il éveiller le désir d'un collectionneur. Revendre ce qui pouvait l'être. Donner tout ce qui pouvait servir. Et jeter le reste. Un jour prochain la maison du Lieu-Beau serait vide et Nathalie serait bien obligée d'admettre que son mari ironique, passif et désintéressé de tout…

… j'ai accompagné la porte en gardant ma main près de la poignée. Je n'ai pas eu besoin de la retenir : mon père l'avait bien équilibrée, elle a ralenti juste avant de se coller au plafond. Je suis resté immobile face à cet espace délimité par les étagères qui couraient le long des trois murs, par ces établis envahis d'outils qui devaient eux aussi figurer dans les papiers du notaire et qui dessinaient au sol l'emplacement vide d'une voiture, la forme d'une Renault 21 qui aurait dû se trouver devant moi, la batterie très probablement à plat selon la prévision du garagiste mais qui, pour une raison que je n'ai pas pu expliquer, manquait ce jour-là à l'appel.

— Pardon, j'ai dit en reprenant ma place à table : c'étaient les gendarmes.

Maurice m'a fixé, surpris.

— Ils ont retrouvé le curé ?

— Non. C'était pour la maison de mon père.

Paule est apparue et nous nous sommes dépêchés de déplacer les verres et la carafe pour faire de la place à la soupière brûlante qu'elle tenait à bout de bras. Aussitôt posée, elle est retournée à la cuisine pour y chercher le reste, m'intimant de ne pas même penser à l'aider d'un geste déterminé de la main.

Maurice, songeur, a lentement fait glisser le dessous-de-plat pour le recentrer.

— C'est quand même bizarre cette histoire de curé... Tout le monde y pense au village mais personne ne dit rien.

J'ai acquiescé. Personne ne disait rien parce que personne ne savait quoi en dire. C'était un mauvais fait divers, sans victime et sans salaud, *et puis c'était tout*, même si on sentait bien que ça racontait quelque chose sur nous, quelque chose qu'on n'avait pas forcément envie d'entendre, mais quoi ? Personne ne savait. Personne n'avait les mots.

— Moi, si tu veux mon avis, j'ai quand même ma petite idée...

— Tout le monde a sa petite idée, mais on peut en discuter autant qu'on veut : à moins qu'on le retrouve, on ne saura jamais. En plus, j'ai dit à Maurice pour tenter de clore le sujet : pourquoi on continue à dire "le curé" alors qu'il n'était même pas curé ?

— Ça je crois, c'est le fond du problème…

Il a martelé l'air avec son index pour me montrer que ce qu'il s'apprêtait à dire était important :

— Un jour tu verras : ça ne sera plus les hérétiques… mais ceux qui *continuent de croire* qu'on fera monter sur le bûcher !

— Elle ne vient pas, Amélie ? a demandé Paule en posant la grande cuillère et la corbeille à pain sur la table.

Pas besoin d'un mot de plus pour qu'on comprenne qu'elle n'aimait pas la direction que prenait la discussion. Faux curé. Faux malade. Faux prof, qui sait ? J'ignore ce que Nathalie lui avait raconté.

— Amélie ?

J'ai regardé vers la porte ouverte du salon et j'ai appelé :

— Amélie !…

— Quoi ? a fait une voix ennuyée depuis l'autre pièce.

— Bah : on mange !

Amélie ne m'a pas répondu. Maurice, qui s'apprêtait à soulever le couvercle pour découvrir ce que sa femme avait apporté, s'est vu, d'un simple dressement de l'index, intimé l'ordre de demeurer immobile et de ne plus faire le moindre bruit.

— Amélie !… j'ai appelé de nouveau.

— J'arriiive !

— On sait : tu l'as déjà dit !

— Non mais vraiment j'arrive !

Silence encore une fois.

— Amélie ?… Mais, enfin, tu fais quoi dans le salon ?

On a distingué un râle de frustration puis des pas lourds et appuyés se sont rapprochés. Elle a fini par arriver à table, un cadre argenté dans les mains.

— C'est qui ?

Elle a posé la photo en noir et blanc entre les assiettes, tout juste décrochée d'une cloison où je l'avais toujours connue, au point de ne même plus la remarquer, et j'ai éprouvé le besoin de m'excuser auprès de Paule et de Maurice pour cette suspension, par ma fille, de l'ordre des choses pour laquelle je ressentais, étrangement, de la culpabilité.

Des photos, je venais moi-même d'en *déranger* des dizaines. J'étais rentré du Lieu-Beau avec un sac rempli de toutes celles que j'avais trouvées dans le bureau de mon père, au mur, dans une boîte à chaussures ou tombant de classeurs administratifs. Pas un instant je n'avais imaginé que les filles puissent s'y intéresser mais je n'avais pas pu me résoudre à les vendre, les donner, les jeter, les laisser là-bas. On y croisait des visages encore plus lointains. Des lieux, des immeubles qu'elles ne connaissaient pas et qui m'échapperaient à moi aussi, pour la plupart. Il y avait peut-être des noms au dos des photos, des dates, je n'avais pas fait attention en les glissant dans le sac, je n'avais rien remarqué mais j'en doute ; ce n'était pas quelque chose que mon père aurait fait.

Au Lieu-Beau, après avoir constaté que le garage de mon père était vide, après avoir découvert que la R21 qui aurait dû être dans le garage n'y était pas, tout était devenu confus. Des pensées oppressantes et tenaces avaient surgi. Y avait-il une possibilité, malgré toutes les évidences, qu'il soit encore vivant ? J'ai été incapable de chasser cette vision de lui en chemise d'hôpital, roulant dans sa Renault blanche, toutes vitres fermées, la clim à fond, enfin tranquille ! Et si j'essayais de rester rationnel, c'est un chapelet de questions qui se mettaient à défiler dans mon crâne, chacune me bousculant plus que la précédente. Avait-il confié la voiture avant sa mort ? À qui ? La lui avait-on volée ?

Pas eu le temps de trouver les réponses : j'ai dû quitter les lieux sans attendre. Nathalie ne m'aurait pas pardonné d'arriver en retard au dîner chez Paule et Maurice, devenu pour un soir la preuve de mon attachement à la vie de famille. Par message elle avait insisté et par message j'avais promis. Un bref "Je serai chez eux dans 30 min.", témoignage de ma capacité à me fixer des objectifs et à les tenir, de ma bonne volonté.

Je n'ai eu d'autre choix que de refermer le garage, d'y abandonner mes questions et de rebrousser chemin vers la maison de mon père pour verrouiller les portes que j'avais laissées ouvertes derrière moi. De retour dans le bureau, j'ai retrouvé le carton vide par terre, le tiroir sorti du meuble, et je me suis dit que je ne pouvais pas tout laisser comme ça. J'ai rempli un sac à la hâte et je suis parti.

Je n'ai pas le souvenir d'avoir roulé vite en rentrant. La vérité, c'est que je ne me rappelle rien de ce que j'ai vu entre le Lieu-Beau et le Jary. J'ai dû errer dans mes pensées, et je m'y suis perdu. Au volant, j'ai passé des églises, des villages, des croisements et si tout cela n'avait été qu'un décor, j'ai la certitude que je ne m'en serais pas rendu compte.

Arrivé à la maison, j'ai réalisé que j'étais en avance. J'aurais pu rejoindre les filles qui avaient joué toute l'après-midi chez Paule et Maurice. Personne n'aurait été étonné de me voir débarquer si tôt. On aurait attendu tranquillement l'heure du dîner, peut-être bu l'apéritif mais j'ai préféré rester encore un peu seul. J'ai eu envie d'ouvrir le sac.

Dans la boîte à chaussures, j'ai retrouvé des lettres que mon père m'avait envoyées juste après l'université et que j'avais probablement laissées dans ma chambre au Lieu-Beau en y retournant un été ; je ne me rappelais pas les avoir gardées ni m'en être débarrassé.

Elles dataient d'une époque où je ne savais pas ce que je voulais faire. L'Histoire me plaisait et je semblais hésiter entre l'enseignement et la recherche mais, avec le recul du temps, on peut dire que c'est surtout l'*étude* que j'aimais, le champ des connaissances parcouru au hasard des lectures, des listes de livres, des plans de cours modifiés au gré des visites de profs venus d'ailleurs. Face à ce flottement qui m'avait saisi à la fin d'un cycle universitaire, j'avais pris – dans la douleur – une décision qui m'était apparue comme étant la première de mon existence, la première véritable, adulte, tranchante : j'avais opté pour un congé sabbatique ; une année d'oisiveté devenue, suite au rétrécissement de mon audace comme de mes finances, un simple semestre.

Pendant ces quelques mois, mon père m'avait envoyé une demi-douzaine de lettres par lesquelles il s'était efforcé de montrer la voie à son fils ("regarde-moi !") tout en me sommant, entre les lignes, de lui expliquer ce que je pouvais bien faire de tout mon temps libre. Derrière le ton paternaliste se cachait une curiosité d'enfant que je n'avais pas perçue en les recevant et qui, maintenant, sautait pourtant aux yeux.

Je les ai relues d'une traite, dans l'ordre, avec agacement, jusqu'à avoir l'impression étouffante, en les reposant, qu'aucun de ces deux êtres qui essayaient maladroitement de correspondre l'un avec l'autre n'était encore vivant aujourd'hui.

À l'heure pile, Nathalie aurait été contente, j'ai trouvé Maurice assis devant chez lui sur le banc en aluminium que je l'avais aidé à monter quelques semaines auparavant. Il avait l'air en forme, bien plus vaillant et pétillant que je ne devais l'être après cette journée chez mon père et dans le passé, mais j'ai pris un air sincère et soucieux et je lui ai demandé comment il allait.

Suite à l'alerte de juin, l'examen à Bordeaux, il était monté à Paris en compagnie de Paule pour soumettre son cœur à un second spécialiste. Au retour, outre l'attente des résultats, on avait eu droit à tout : le voyage, l'hébergement, sa nouvelle impression des Parisiens (plutôt sympas, en fait). Ils avaient choisi un hôtel sur le périphérique parce que la mutuelle ne payait pas et ils avaient pris le train plutôt que la voiture car la voiture c'était fatigant, mais ça ne l'avait pas dérangé, *le train c'est sympa : tu peux aller chier en première et après tu reviens t'asseoir en seconde.*

On savait désormais que son cœur était un organe fiable. Plus celui d'un jeune homme, mais pas celui d'un mourant non plus. En pinaillant, on avait trouvé une légère déficience ici, une valeur un peu trop haute ailleurs. Sans doute que perdre un peu de gras ne lui aurait pas fait de mal mais, au fond, on n'en savait rien non plus. Maurice n'avait pas inspiré les médecins, incapables de se mettre d'accord sur les médicaments à lui prescrire, sur l'origine du mal, sur l'existence, même, d'un mal.

Mais, si Maurice n'avait rien, il était ressorti marqué de ces quelques semaines comme s'il avait été véritablement accablé par une maladie et, depuis, il s'en remettait. Ça lui faisait du bien qu'on lui demande de ses nouvelles et on l'écoutait raconter les derniers symptômes que lui-même jugeait anodins.

— Oui, ça va mieux, disait-il. De toute façon, comme tu sais, vivre… euh… Ah !… Mince… Comment c'est le proverbe ?… "*Vivre c'est…*"

— "… C'est mourir un peu" ?

Paule, qui nous avait entendus parler et était venue à notre rencontre, m'a regardé par-dessus l'épaule de son mari, l'air sévère. Il ne fallait pas rire de ça. Maurice craignait sincèrement la maladie, l'arrêt soudain de la pompe à sang. Je lui ai demandé pardon d'une moue discrète. Son mari ne s'est rendu compte de rien : il avait tourné la tête, tracassé par cette expression française si à-propos qui lui échappait.

— Non. "*Vivre, c'est…*" Ah ! Merde !…

Il ne trouvait pas. Il ne trouva pas. Toute la soirée ce proverbe incomplet apparut et s'effaça sur le bout de sa langue.

— Alors : c'est qui ?

— Eh bien ça… c'est moi ! a répondu Paule, amusée.

Amélie, et Prisci qui regardait maintenant par-dessus l'épaule de sa sœur, n'en sont pas revenues.

— Mais alors… là : c'est toi ! s'est exclamée Amélie dont les yeux ont fait des allers-retours entre le visage de Maurice et celui, tout fin, d'un jeune homme endimanché sur la photo qu'elle avait décrochée du mur du salon.

Maurice a hoché la tête en souriant. Sans un mot, il a attrapé le couvercle et l'a posé à l'envers à côté de la soupière. Il s'est réjoui d'apercevoir la surface irrégulière et lustrée d'un cassoulet. Un cassoulet maison ? Pour toute réponse, Paule a donné un dernier tour de cuillère dans le plat, avant de la soulever, pleine, et de la lui présenter ; peut-être, par un miracle dont la vie était capable, reconnaîtrait-il un des cocos de Paimpol qu'ils avaient écossés ensemble à la dernière saison. Le visage de Maurice s'est illuminé. Il lui a tendu son assiette. Oui, un cassoulet maison.

— Et là, c'est qui ?

Paule a jeté un coup d'œil sur le personnage un peu flou à l'extrémité de l'image. Elle a haussé les épaules.

— Tu sais, on ne se souvient pas de tout.

— Tu ne te rappelles pas les gens qui étaient à ton mariage, s'est étonnée Amélie ?

Paule a regardé un peu plus intensément avant de concéder son impuissance à coller un nom à cette silhouette mangée par le cadre pourtant côtoyée pendant des décennies. Il y a des mystères dont l'habitude est le meilleur et le seul rempart.

Avant de se lasser, les filles ont continué à parcourir le cliché posé à plat sur la nappe, les mains à peine essuyées dans les serviettes qui leur tombaient des genoux, à la recherche de quelqu'un qui nous dirait quelque chose. Leurs doigts minuscules s'arrêtaient sur le verre qui protégeait la photo, puis ils faisaient un saut de puce pour désigner ailleurs une autre tête, épuisant ce qui semblait être la même question et pourtant ne l'était pas… et là c'est qui ?… et là c'est qui ?…, ce qui nous a fait sourire tous les trois, nous les adultes, mais secrètement m'a pincé le cœur.

À la maison, outre la boîte à chaussures et les photos en vrac, j'avais sorti du sac en plastique un grand et épais carnet dont la reliure fatiguée était renforcée par des bouts d'élastique collés. Un océan de pages dans lequel mon père avait tenté de raconter sa vie avec cette écriture manuscrite dont on pouvait constater l'évolution au fil du temps. En piochant au hasard dans le texte, j'ai eu l'impression d'entendre mon père vivant, les mêmes justifications pour lui-même, la même mauvaise humeur en arrière-plan, le même égoïsme qui ne pouvait dire son nom. J'ai regardé à la fin pour voir s'il y avait un envoi plus léger, un message pour les vivants, mais le dernier paragraphe s'achevait sans morale, sur des abréviations. Il n'avait pas prévu que cela s'arrête.

Par acquit de conscience, plus que par curiosité, je suis retourné au début, j'ai lu un peu, feuilleté mais, passé l'année de ma naissance, je n'ai plus eu le courage. Éviter tous les inéluctables. Ne pas être en retard chez Maurice et Paule. J'ai repoussé le carnet au milieu des photos volantes, de l'autre côté de la table, à bout de bras. Voilà. Pour les humains comme pour les pois chiches. Vivre c'est repousser.

J'ai regretté d'avoir parlé de la R21 au petit Cyril. La veille, sous le choc de ma découverte, je lui avais laissé un message confus pour lui demander comment m'y prendre pour retrouver une voiture volée, pour porter plainte.

Il m'a rappelé une heure plus tard, alors que j'étais avec Maurice. L'émotion était retombée. Je me suis éloigné pour pouvoir lui mentir sans alerter mon hôte : la R21 était chez un voisin, c'était un malentendu, rien n'avait disparu, même si on n'était jamais à l'abri des cambrioleurs, surtout quand tout le monde peut voir depuis la route que la maison n'est plus habitée. Cette dernière remarque a éveillé la curiosité du petit Cyril. Il m'a demandé ce que je comptais en faire *dans ce cas*, s'il y avait du terrain autour et la conversation a glissé. Oubliés les morts, les disparus : les vivants avaient un peu d'argent à investir. Très vite, il m'a avoué qu'il était parvenu à la conclusion que la location était la meilleure manière de ne pas perdre sur tous les tableaux, la location saisonnière s'est-il empressé de préciser, un des seuls placements qui *pouvait faire une vraie différence à terme* quand on est salarié, sans compter que ça permettait de limiter les risques, de garder le nez dessus *s'il osait dire*, car, en fin de compte, c'était un investissement hyper local. La Bourse, les emprunts d'État ne lui disaient rien. Trop de fluctuations, de barrières à l'entrée sur ces marchés pas faits pour les gens comme nous.

— Possible, j'ai soupiré. C'est difficile de penser placement quand on passe sa vie à économiser.

Alors ne serais-je pas tenté de transformer la maison de mon père en gîte ou, mieux, d'y creuser une piscine pour la louer à la semaine l'été ?

Je lui ai répondu qu'en ce moment tout semblait un peu au-dessus de mes forces, même creuser un simple bassin s'avérait trop compliqué pour moi, mais c'était précisément ce qu'avaient fait l'oncle et la tante de Nathalie au Chagrin. De fil en aiguille, il a commencé à partager toute une liste de questions qui tournaient *depuis un certain temps* dans sa tête. Fallait-il s'endetter ? Ou acheter petit au début, mais cash. Surtout : comment pouvait-on être sûr que les touristes allaient toujours venir ? On avait le beau temps, la douceur de vivre, mais on n'avait pas la mer. Est-ce que je ne pensais pas que ça pourrait être un problème, à terme ?

Je lui ai dit qu'on était sur le point de passer à table mais que, si ça l'intéressait, je devais préparer la maison au Chagrin pour la venue des nouveaux locataires le lendemain matin. Je pourrais passer le prendre devant chez lui, il se ferait une idée. Oui, ça tombait bien qu'il ne travaille pas le samedi. Et : non, je n'avais rien d'autre à faire, ça ne me dérangeait pas.

Dans la voiture, avec le petit Cyril, le temps m'a paru long. En cinq minutes j'avais déjà dit tout ce que je savais sur les locations saisonnières et j'ai compris, à un simple haussement d'épaules de sa part quand j'ai essayé d'en parler, que le sujet du curé ne le concernait plus. Inutile de lui révéler la disparition *avérée* de la Renault et les mouvements *inhabituels* que j'avais remarqués sur les relevés de banque de mon père. Il est parti de lui-même dans une tirade sur les gens qui se croyaient de plus en plus dans un film policier, ou d'espionnage, *à cause des médias* alors que la plupart des faits n'étaient que des aléas de l'existence, qu'il était vain de rechercher les coïncidences, une signification. Pour lui, ce qui qualifiait la vie moderne, c'était le chaos.

— … Et heureusement qu'on réponde encore présent, vous les profs, nous les forces de l'ordre. Hein ! On n'arrête pas d'entendre que les fonctionnaires sont des cons et qu'ils ont la peste, n'empêche que c'est nous qui tenons la boutique. Ce pays, sans nous, c'est l'anomie !...

Sans Nathalie, peut-être : elle arrêtait des chauffeurs routiers au hasard sur les parkings des stations d'autoroute. Mais lui, moi ?

— Franchement... je ne sais pas...

En tout cas, elle avait raison : j'avais perdu l'habitude de la conversation. J'avais juste demandé au petit Cyril comment ça se passait à la gendarmerie et, quelques phrases plus loin, je l'écoutais se plaindre de notre employeur commun, de l'état du pays. J'avais l'impression qu'il parlait à quelqu'un d'autre, et je n'ai plus trouvé la force de répondre. Une profonde mélancolie m'a enveloppé.

Pendant un long silence, on a passé ce qui ressemblait à deux étrangers marchant sur le bord de la route. Deux jeunes hommes qui portaient de fins blousons de cuir qui n'étaient ni de mode ni de saison. Le petit Cyril les a suivis du regard et j'ai craint sa prochaine remarque ou, pire, qu'il ne me demande de faire demi-tour pour revenir à leur hauteur.

— C'est des ramasseurs de fraises, j'ai dit sans réfléchir.

— *Ça va de soi*... a répondu mon passager, sans conviction.

J'aurais voulu monter une vitesse et que l'embrayage fasse des siennes, ou qu'un animal traverse et m'oblige à freiner brusquement. La voix de Barbirolli, le prof d'éco, est revenue grincer à mes oreilles ("Mais bon dieu : tu nous fais chier avec l'Occupation !" et aussi : "C'est quoi cette obsession malsaine avec la guerre et les collabos ? Qu'est-ce que ça peut te foutre, à ce point ? Tu n'étais même pas né"). En salle des profs, tout le monde avait souri. Sur la route vers le Chagrin, j'ai fait comme si je n'avais pas entendu, ou pas compris l'ironie, ou comme si rien de tout cela ne me concernait et alors le petit Cyril s'est senti obligé de préciser :

— De toute façon, moi j'y touche pas... Comme ça, quand le vent tournera, on viendra pas me chercher des poux.

— Parce que ça tourne, le vent ?

Ma question – qui n'en était pas une – a laissé le gendarme songeur. Un instant, j'ai cru qu'il était sur le point de m'avouer quelque chose qu'il n'avait encore jamais confié à personne. Mais rien n'est sorti.

— Et si jamais... euh... si tu croises quelqu'un qui manifestement... euh...

— Quelqu'un qui manifestement n'a pas l'air d'avoir été invité ? Rien. J'y pense pas. Et si je suis tout seul, je regarde ailleurs. Je pose pas de question. Je passe mon chemin.

— C'est tout ?

— Quoi ? Je vais pas lui payer un verre non plus.

À peine engagé dans le dernier kilomètre qui menait au Chagrin, j'ai été content de remarquer, des deux côtés du chemin vicinal, les buissons chargés de mûres. Elles poussaient en secret depuis des semaines et maintenant que j'avais décidé de prendre le raccourci, elles me faisaient une haie d'honneur. Je n'avais pas besoin de tendre la main : il me suffisait de les observer pour sentir leur poids et sur ma langue, leur goût encore acidulé et dont la dominante sucrée, avec chaque jour passant, finirait par éclater dans les bouches. Cette année serait une grande année pour les confitures mais pour les picorer au hasard, comme des enfants, il faudrait faire vite : trois semaines encore et les mûres seraient blettes.

J'ai vu la voiture de Berthe arriver en sens inverse. Nous nous sommes rabattus chacun de notre côté pour pouvoir passer à deux de front. Par la fenêtre ouverte, j'ai fait les présentations et j'ai demandé à la retraitée qui venait faire le ménage comment ça allait aujourd'hui.

— Impeccable ! C'était déjà quasi propre : le linge sale était même *plié* à côté de la machine. C'est bien les Suisses !...

— Je crois que c'étaient des Picards. Les Suisses, ils viennent cet après-midi.

— Bah ils vont être contents. J'ai presque rien eu à faire.

J'ai laissé Berthe repartir la première pour ne pas risquer d'érafler nos carrosseries. Je n'étais pas très à l'aise avec le fait qu'un gendarme, même un humaniste, était assis sur le siège passager et observait nos manœuvres. Mais tout s'est bien passé. Nos deux voitures se sont éloignées sans autre contretemps que les cahots de la route. Encore deux cents mètres et nous sommes arrivés en vue de la pelouse qu'on ne devrait pas tondre. Il avait fait trop sec depuis la dernière fois.

Après avoir montré chacune des pièces au petit Cyril, passé en revue l'état de la literie, des équipements et de l'électroménager presque neufs, achetés dans des grandes surfaces aux prix les plus bas pour pouvoir être remplacés souvent, nous sommes ressortis avec deux petites bouteilles de jus de fruits que les locataires avaient laissées derrière eux.

Appuyés contre le muret de la piscine, nous avons bu face à la maison. D'autres auraient observé les reflets de l'eau et la ligne imperceptiblement mouvante que dessinait le sommet des chênes verts dans le grand infini. Pas nous. Le gendarme et le prof considéraient la toiture, s'accordaient sur l'inutilité de moderniser le chauffage, convecteurs électriques qu'il faudrait de toute façon remplacer, à terme, mais par quoi ?, quand ce serait obligatoire, moi je dis ça serait bête de pas en profiter en attendant. Et *moi* j'ai entendu : la vie, tu nais tout neuf et tu deviens une caricature. J'ai pensé au soir des résultats du bac, aux examens, à ma première salle de classe vide. Je ne percevais même plus le goût du jus d'abricot. J'entendais la voix apaisante et lointaine du petit Cyril, des expressions que j'avais déjà entendues et qui me passaient devant la conscience comme des troncs d'arbres morts tombés à la rivière. L'horizon à vingt, trente ans. Louer à la belle saison. Votre héritage. Avant on pouvait. On peut. On pourra.

Plus il parlait et plus le bâtiment que je regardais devenait le Lieu-Beau. Des locataires entraient et sortaient de l'ancienne maison de mon père. Pelouse à tondre mais il y aurait toujours la possibilité de payer quelqu'un pour l'entretien. Toujours revendre. Au pire. Quand même la sécurité de l'emploi. À part une guerre mondiale. L'immobilier ça reste l'immobilier. Et soudain, j'ai eu l'impression que l'univers s'ouvrait en deux. Un précipice au bord duquel toute ma vie empilée s'est mise à basculer. Dans cet engloutissement, j'ai vu les filles vieilles et nous déjà morts. Et tout en même temps l'enfance, la carrière, le cimetière des bagnoles, le saccage de Tenochtitlan, le pacte Ribbentrop, tout ce que j'avais vécu en vrai ou dans des livres et qui n'avait plus aucun sens parce que, voilà, on n'est pas immortels non plus et puis : il n'est jamais trop tôt pour penser à la retraite.

— Ah ! Merde ! La boîte de forets !... Je reviens, j'ai ajouté, il y a un artisan qui a laissé ses outils.

Je suis entré dans la maison en passant par la porte de la remise. L'étui en plastique bleu était posé sur le disjoncteur électrique à côté du ballon d'eau chaude. Quand je l'ai aperçu, j'ai cru que des vagues de larmes allaient me submerger. J'ai posé ma main libre sur la poitrine et je l'ai sentie être soulevée par des sanglots inattendus. Un monde se débattait en moi. Un monde que je ne reconnaissais pas. Je pouvais essayer de ne pas pleurer et sans doute, en y mettant toute ma force, j'y arriverais. Mais je devais le reconnaître : peut-être que je n'allais pas si bien que ça.

Par la fenêtre aux carreaux troubles, je distinguais le petit Cyril assis contre le muret, portant la bouteille de jus de fruits à ses lèvres, faisant des plans pour la planète.

Dans ma détresse, j'ai eu envie de l'abandonner là, mais tout, même cela, m'était devenu impossible. Tenir. C'était juste un mauvais moment à passer. J'ai pressé ma paume contre mon sternum, la tête levée, fixant la charpente, respirant. Pas besoin de se pendre avec la sangle du sac en toile accroché à la poutre. Nathalie avait raison. *Sac en toile qui m'a paru bien flasque ; j'ai grimpé sur un tabouret pour le serrer dans la main*. Il fallait accepter la réalité de ma tristesse et regarder les choses en face. Cette fois j'allais l'écouter Nathalie, prendre tout ça au sérieux. *Le sac en toile était vide. Comme la R21 dans le garage de mon père, la tente familiale qui aurait dû s'y trouver avait disparu.*

Septembre

Tout le monde était venu, bien avant que les cloches sonnent. Tout le village ou presque et de nombreux habitants des environs. Voisins, conseil municipal, facteur, élèves, anciens élèves, employés des divers supermarchés, garagiste, Pèlerin, sa femme et ceux que j'ai compris être ses enfants, toute la famille du côté de Nathalie et de son oncle, le club des octogénaires de Floirac, quelques nonagénaires mais aucun touriste puisque la saison s'était arrêtée net avec les pluies du début du mois. Cette année il n'y aurait pas d'été indien.

Les portes de l'église ont été ouvertes une heure avant la cérémonie mais personne n'a osé entrer. Les premiers arrivés ont patienté sur le parvis en jetant des coups d'œil discrets à l'intérieur pour observer les préparatifs et ceux qui sont venus plus tard ont eu droit à des descriptions amusées de ce qui s'était déjà passé. La mairie avait voulu des boissons qui remontent. Après discussion et avoir envisagé une sangria, le conseil municipal s'était rabattu, vu le temps, vu le cadre, sur du vin chaud. Il ne faisait pas froid pourtant. Il faudrait encore attendre pour les premières gelées. Et les cèpes qui les précéderaient nous feraient souhaiter qu'elles ne viennent jamais.

Pierre, qui servait des louches à qui en demandait, nous a assuré qu'avec la cuisson le trois fois rien d'alcool qu'il y avait versé s'était évaporé. Je n'y ai pas cru mais nous avons laissé faire et les filles en ont bu chacune une gorgée, en grimaçant. En les regardant, nous savions que cet interdit autorisé resterait pour toujours dans leur mémoire. Nathalie a pris une photo : Prisci et Amélie et leurs grimaces, avec des gens en arrière-plan dont certains, ne sachant comment s'habiller dans cette entre-saison, avaient même prévu le bonnet. On aurait dit un marché de Noël avant l'heure. Il ne manquait que les guirlandes et les rameaux de sapin, toutes choses qui attendaient dans des cartons ou sur des branches l'éventualité d'une nouvelle coupe à l'orée de décembre.

Les anciens étaient contents. On refaisait comme avant. On discutait devant l'église, de choses et d'autres, comme on en avait perdu l'habitude au fil des années. Certains ont dû se dire que c'était une habitude qui allait être retrouvée à cause de l'événement mais moi je savais que, dans quelques jours, dans un mois, et chaque semaine jusqu'aux fêtes, les dimanches ressembleraient de nouveau à des dimanches. Les cloches se réveilleraient périodiquement pour nous avertir, comme ce soir, mais les fidèles, s'il y en avait encore, resteraient chez eux.

Trois jours avant la cérémonie, Pèlerin et un apprenti avaient nettoyé la façade de l'église sur une bande de huit mètres tout autour du bâtiment, soit aussi haut que son échafaudage mobile l'avait permis. Il n'avait pas été question de prendre d'autres risques pour couvrir la surface qui restait jusqu'au toit et qui, maintenant, paraissait une frise brutaliste voulue par les ancêtres. Il avait fait tout cela bénévolement. La municipalité lui avait proposé à deux reprises de couvrir les frais mais, on ne sait pas pourquoi, il avait décliné. Là, son verre de vin chaud à la main, je l'ai vu montrer et expliquer des choses aux gens qui l'entouraient. Peut-être, en y travaillant, la signification des bas-reliefs lui était-elle apparue. Peut-être avait-il appris quelque chose en s'élevant si près d'eux. Mais ses mots me sont restés à jamais interdits. De mon coin de parvis, je n'entendais rien qu'un brouhaha intense dont, à chaque seconde, des poignées de paroles s'échappaient, comme des étincelles d'une chandelle magique.

À quelques mètres de moi, quelqu'un s'est exclamé :

— Bah quand même : c'est un succès !

Un succès, oui, si on voulait. Il aurait fallu donner un sens au mot. Mais là impossible, je ne sais pas si c'était la sagesse qui venait avec l'âge ou le vin chaud dans lequel, malgré les dires de Pierre, il devait rester quelques degrés. En une seule louche il me semblait avoir récupéré tout l'alcool de la marmite, le piquant des épices en suspension, et une chaleur lancinante m'embuait la tête. J'ai eu envie d'arrêter de boire mais le mélange était délicieux. J'ai voulu voir le gobelet vide. J'ai voulu voir le fond. Et dans le fond : les inscriptions aléatoires dont, enfants, nous tentions de percer le mystère, ces chiffres qui apparaissaient dans les verres Duralex et pour lesquels nous resterions convaincus, malgré tous les démentis, qu'il existait un sens caché.

Le curé aussi s'était enivré avant notre dernière rencontre. Je l'avais surpris les chevilles enfoncées dans la vase, en train de finir ce que je pensais être une bière. Une main glissée dans la poche d'un short un peu trop grand pour lui, le dos tourné à son visiteur, il observait les nageurs et les bateaux pneumatiques qui, seuls, troublaient la surface de l'étang.

J'avais voulu le prévenir de mon arrivée imminente. Je lui avais laissé un message mais je ne saurais jamais s'il l'a bien reçu ou s'il a fait semblant de ne pas être surpris en se retournant. Il s'est contenté de me saluer de la tête. Il ne m'a pas demandé comment j'allais ni comment je l'avais retrouvé ni ce que je comptais faire ni même ce que je lui voulais, au juste, maintenant que je devais savoir qu'il n'était pas vraiment curé. J'ai marché jusqu'au bord de l'herbe, là où la vase commençait, et nous sommes restés tous les deux silencieux.

C'est la tente disparue qui m'avait fait penser à ce camping bordé, l'été, par les champs de maïs. Et je ne m'étais pas trompé : c'est là qu'il avait trouvé refuge, au milieu des touristes de passage et des bungalows loués parfois à l'année. L'absence du contenu du sac toujours accroché à la poutre m'avait rappelé sa visite au Chagrin un samedi de juillet et notre détour par le camping de l'étang de Germain, au retour, pour une barquette de frites que nous avions partagée. Un camping qu'il avait trouvé vraiment *très agréable*.

Après un long moment de silence, je lui ai seulement dit que j'avais remarqué la R21 blanche à l'entrée. Il s'est tourné vers moi et ses pieds pris dans la boue ont fait un bruit pitoyable. La honte lui a fait baisser le regard et ses yeux rougis, cherchant désespérément quelque chose à quoi s'accrocher, se sont posés sur l'enveloppe grise que je tenais dans la main.

Et que je lui ai tendue.

Je n'ai pas entendu de signal mais soudain l'assemblée qui patientait sur le parvis de l'église s'est mise à trépigner puis à avancer, de proche en proche, vers ce portail fin du XIIIe qui a semblé nous avaler.

La place ne manquait pas à l'intérieur. À part une poignée de rangs qui étaient occupés, on pouvait s'asseoir où on le voulait et les filles ont insisté pour qu'on s'installe *au milieu, mais pas devant*.

De l'autre côté de l'allée centrale, le plus haut représentant de l'Éducation nationale en ces murs m'a salué de la main. Il a paru content de mon état général, de me voir bien entouré, serein. L'école avait recommencé et tout se passait bien, exactement comme je le lui avais promis en reprenant mes classes : il n'y aurait pas de problème, pas d'esclandre pendant cette année ; année qui serait ma dernière à éduquer la nation mais ça je ne l'ai pas dit à Gros-Chastang.

— Reprendre les études ! Faire de la recherche ! Être un historien finalement, inconsidéré et précaire peut-être mais enfin, bordel !, c'est quoi l'alternative : pourrir d'ennui et de frustration jusqu'à ce que j'en crève ?!?

C'est sorti un soir, en vrac, devant Nathalie. Nous en sommes restés figés, stupéfaits par la violence, la cohérence de mes mots enfin crachés. Après m'avoir fixé un bref instant, Nathalie a simplement dit que c'était peut-être une bonne idée. Elle était fatiguée, n'avait pas envie de se battre. Elle m'a juste fait promettre de ne pas démissionner tout de suite, d'attendre la fin de l'année scolaire, de me laisser la possibilité de changer d'avis. Si je ne revenais pas sur ma résolution, on en parlerait aux autres au printemps. Et on aviserait. Dans l'intervalle, cela resterait un secret entre nous, comme lorsqu'elle était enceinte d'Amélie et que nous avions cru la perdre. Il faudrait faire attention à l'argent aussi, mais ça, nous n'en avons pas parlé. Nous sommes restés longtemps blottis dans les bras de l'autre, bien plus longtemps que d'habitude, je pense que nous l'avons tous les deux remarqué.

Ils ont fait rentrer les derniers qui étaient restés fumer sur le parvis. Chacun a trouvé de la place. Personne n'a eu besoin des chaises qu'on avait sorties pour l'occasion de la réserve, qui n'étaient pas jolies en tas et que des volontaires ont déplacées spontanément à l'abri des regards. Et puis quand tout le monde a été assis, un type vêtu d'un blouson de cuir noir s'est avancé devant l'autel, le genre de cuir souple et très léger que les gens portaient dans les années quatre-vingt, d'une coupe moche qui, je n'en doute pas, reviendra à la mode ou qui, peut-être, est déjà revenue.

À sa manière d'allumer le micro qu'il tenait à la main, on a senti qu'il avait l'habitude. C'était un prêtre. Il portait un col romain sous le blouson. Il nous a souhaité la bienvenue et dans la même phrase nous a remerciés de l'accueillir au village. L'assemblée a murmuré. Il a souri d'aise. Un numéro qu'il avait dû répéter des dizaines de fois dans des bleds aussi paumés que le nôtre, devant des publics conquis d'avance, heureux qu'il s'y passe enfin quelque chose et de pouvoir se regarder, dès le lendemain, sur un petit écran en famille.

Au camping de l'étang de Germain, le curé a bu une gorgée de gnôle pour se donner du courage et attrapé mon enveloppe en disant :

— La R21, c'est *juste* parce que j'avais pas le choix : j'ai dû laisser la Clio à la casse à cause des gendarmes…

La gorgée d'alcool avait du mal à passer.

— … Parce qu'elle n'était pas à moi, vous comprenez… De toute façon, elle était toujours en panne.

Comme je ne répondais rien, il a dû croire que je le jugeais et son regard s'est animé :

— Qu'est-ce que je peux vous dire, moi ? Il y a des gens, quand ils sont petits, ils veulent faire chanteur… Eh bien moi, j'ai toujours voulu être prêtre !

Et dans un soupir plein de regrets, il a ajouté :

— J'ai pas pu…

Je ne lui avais pourtant demandé ni excuse ni explication. Je ne voulais même pas qu'il me parle. Juste qu'il prenne l'enveloppe que j'avais préparée et qu'on en finisse. J'avoue : j'avais aussi espéré le voir une dernière fois, le regarder dans les yeux maintenant que la messe était dite, voir peut-être quel homme il était.

— Et si vous êtes venu pour savoir le reste…

Il a hésité à boire une nouvelle gorgée devant moi, comme si la tristesse, ou les remords, l'en empêchait.

— Mais ça m'arrangerait que vous ne me demandiez pas pour votre père…

Je ne comprenais rien à ce qu'il essayait de me dire.

— Pour l'argent de votre père : c'est vrai que techniquement, vu que je ne suis pas prêtre, je ne suis pas tenu au secret… et que rien ne m'empêcherait de vous raconter ce qu'on est venu me confesser… En tout cas, je vous jure : moi je n'y suis pour rien. Je ne l'ai jamais croisé, moi. Mais il y a des gens… on ne dirait pas comme ça… ah ça non : *des vrais rapaces !…*

Il a scruté ma réaction. Au milieu de l'étang un nageur essayait de faire chavirer un canoë gonflable dans lequel sa sœur, sa petite amie ou une inconnue avait pris place. Il y mettait toutes ses forces mais sans la coopération de sa comparse, hilare, il était incapable de faire décoller la coque de la surface de l'eau.

— Vraiment, vous ne voulez pas savoir ?

On avait dû attendre que la nuit vienne car la télé avait prévu des illuminations sur le fronton, et le prêtre au blouson de cuir nous a invités, malgré le spectacle, malgré les jolies couleurs, à nous efforcer de sortir dignement quand viendrait la fin de la cérémonie. Il nous a priés d'éteindre nos portables, de ne pas filmer, de ne pas utiliser de flash, de ne pas tourner la tête pour chercher les caméras. Il nous a assuré que le regard des objectifs disséminés dans la nef se poserait sur chacun – et sur chacune – d'entre nous. Il fallait faire confiance à la technique et à l'organisation. En vingt ans, dix ans ? Quinze ? Je ne me souviens plus du chiffre qu'il a mentionné – en vingt ans, depuis qu'il faisait ça, personne ne s'était jamais plaint.

Pour ceux qui avaient oublié, il a rappelé les étapes de la messe. Première lecture, évangile, communion, sortie. Mais c'est surtout des chants qu'il voulait qu'on cause ensemble, avant le début des hostilités. Il a tendu son micro à une femme assise tout devant. Elle l'a remercié en se levant et s'est tournée vers nous. C'est là que j'ai compris qu'une chorale de Périgueux occupait les deux premiers rangs. C'étaient eux, ces gens qu'on ne connaissait pas. Elle a entamé son intervention en précisant qu'ils avaient répété depuis des semaines et c'est un détail que j'ai relevé parce que, il y a des semaines, on était encore à la recherche de notre faux curé.

Puis, soudain, une pensée m'a cinglé comme une gifle : peut-être qu'il était là. J'ai parcouru du regard la foule des têtes connues et des anonymes, des techniciens disséminés dans les allées latérales. Je n'y ai pas retrouvé sa silhouette. Le rideau du confessionnal n'a pas bougé. La porte à gauche de l'autel ne s'est pas entrouverte. Je n'ai pas senti ses yeux posés sur moi.

Je me suis retourné discrètement pour observer la galerie où, entre deux planches sans âge, on pouvait deviner l'emplacement de l'ancien harmonium. Rien qui ne soit différent. Rien qui ne puisse laisser penser qu'il avait pris le risque de venir ce soir. Pourquoi l'aurait-il fait ? Pour qu'on lui crie dessus ? Pour qu'on le regarde de travers ? Il aurait eu beau clamer qu'il n'avait rien fait de mal, les gens auraient exigé de lui des explications.

J'ai repris ma place, bien droit, debout, à côté des enfants et de Nathalie. Si, de son passage parmi nous, demeuraient encore des illusions, un malentendu, j'ai eu la certitude qu'il ne reviendrait pas les dissiper, qu'il nous avait laissés seuls, et que bientôt on se comporterait comme s'il en avait toujours été ainsi. Les seules choses qui restaient de lui au Jary, c'étaient de la gêne et des regrets. Il ne ferait plus le détour par notre colline. Et personne n'irait le chercher. Pour tous, sans exception, même ceux qui disaient le contraire, c'était maintenant de l'histoire ancienne. La cérémonie marquait la fin d'un étrange chapitre qu'on se remémorerait en secret mais dont on n'oserait plus parler entre soi. Et si je comprenais les raisons du ressentiment général, j'étais triste, au fond. Ce soir, je suis sûr qu'il aurait été content de ne pas être tout seul et que cela lui aurait fait plaisir de découvrir, enfin, son église pleine.

J'aurais pu laisser le message à l'accueil du camping en leur demandant de transmettre au conducteur de la Renault blanche mais je n'aurais jamais eu la certitude qu'il l'avait bien reçu et alors, et je crois pour toujours, j'aurais eu des regrets.

Parce que j'insistais, le curé a fini par ouvrir l'enveloppe. Il a découvert les papiers de la voiture ainsi que la liste que j'avais écrite avec les démarches à suivre pour mettre la R21 à son nom. Sur ses épaules qui s'affaissaient, à peine ébranlées par un souffle court qui avait du mal à traverser sa gorge, j'ai perçu le poids de ces semaines passées au Jary, l'exaltation coupable d'être devenu enfin curé et l'angoisse, insurmontable, de savoir qu'il allait être démasqué.

Je lui ai tendu un stylo. J'avais déjà signé et tracé une croix devant les espaces qu'il ne lui restait qu'à remplir pour effacer bientôt le patronyme de Granget aux yeux de l'administration. Je l'ai senti ému. C'est à ce moment que j'ai réalisé que je ne connaissais pas son nom. Et qui sait si le prénom qu'il s'était donné était vraiment le sien. Mais je n'ai pas cherché à lire. À retenir les syllabes. J'ai seulement regardé l'encre qui traçait des boucles et des points. J'ai pensé non, je ne veux pas savoir. Le passé ne m'inquiète plus.

OUVRAGE RÉALISÉ
PAR L'ATELIER GRAPHIQUE ACTES SUD
REPRODUIT ET ACHEVÉ D'IMPRIMER
EN MAI 2024
PAR NORMANDIE ROTO IMPRESSION S.A.S.
À LONRAI
POUR LE COMPTE DES ÉDITIONS
ACTES SUD
LE MÉJAN
PLACE NINA-BERBEROVA
13200 ARLES

DÉPÔT LÉGAL
1re ÉDITION : AOÛT 2024
N° impr. : 2402045
(Imprimé en France)